KB107397

정을선전

서유경 옮김

박문사

머리말

〈정을선전〉은 고전소설로서는 많은 사람들에게 향유된 작품이라 할 수 있으나, 현대의 우리에게는 비교적 덜 알려져 있는 편이다. 아마 여러분들 중에도 〈정을선전〉을 접해 보았거나 읽은 분은 그리 많지 않을 것 같다. 이렇게 〈정을선전〉이라는 고전소설이 작품명으로는 좀 낯설지만, 그 내용을 살펴보면 매우 친숙한 느낌을 갖게 된다. 이는 〈정을선전〉의 대중소설적 성격이라고도 할 수 있는 것으로 〈정을선전〉이 기존의 다른 고전소설 작품들과 관련되는 부분들 때문으로 보인다.

〈정을선전〉의 다른 이름으로는 〈증얼선전〉, 〈유소저전〉, 〈유치헌전〉 등이 있는데, 대체적인 서사 전개는 비슷한 것으로 파악된다. 이 책에서는 국립중앙도서관에 소장되어 있는 大昌書院 1920년 간행본을 번역하였다. 이 자료에서 제목은 '고뎌소셜 졍을션젼'으로 표기되어 있다. 〈정을선전〉의 주요 내용을 정리해 보면 다음과 같다.

> 정진희라는 재상이 있었는데, 아이가 없어 바라던 중 기도를 하여 정을선을 낳게 된다. 정 승상과 친분이 두터운 유

승상에게는 추연이라는 딸이 있었는데, 정 승상이 유 승상의 회갑 잔치에 초대받아 올 때 함께 온 정을선이 추연을 보고 연정을 품어 상사병에 빠진다. 이를 알게 된 정 승상은 유 승상에게 통혼하여 혼례를 올리게 된다. 그런데 추연을 낳은 유 승상의 부인은 일찍 죽어 유 승상이 노씨를 부인으로 맞이하였는데, 노씨는 추연을 죽이고자 하였다. 추연이 을선과 혼례를 올리게 되었을 때 노씨의 흉계로 을선이 추연을 떠나고, 추연은 혈서를 남기고 죽게 된다. 노씨와 유 승상 등은 죽고, 원귀가 된 추연으로 인해 마을이 폐읍이 된다.

한편 을선은 조왕의 딸과 혼인하고 어사가 되어 익주에 다시 와서, 원귀가 된 추연을 만난다. 추연의 유모 부부에게서 모든 사실을 알게 된 을선이 추연을 살리고자 약을 구하러 가고, 마침내 추연이 다시 살아난다. 살아난 추연이 을선과 혼인하여 충열 부인이 되고, 앞서 을선과 혼인하였던 조씨에게 모함을 받는다. 서융을 치러 을선이 떠난 사이 조씨의 흉계로 추연이 옥에 갇히나 시비와 유모 등의 도움으로 겨우 살고, 을선이 돌아와 추연을 살려내어 부귀영화를 누린다.

〈정을선전〉의 내용을 보면 알 수 있듯이, 전체적으로 두 가지 이상의 서사로 구성되어 있다. 이에 대해 이제까지 연구자들은 계모형 소설의 구조와 쟁총형 소설의 구조가 복합적으로 구성되어 있다고도 하고, 계모형 소설과 군담소설적 면모가 섞여 있다고도 하였다. 이러한 분석은 〈정을선전〉의 전체 서사가 정 승상의 아들 정을선과 유 승상의 딸 유추연이 서로 만나 혼인을 하게 되지만, 계모 노씨의 흉계로 말미암아 헤어지게 되고, 오해를 푼 을선과 추연이 다시 만나 살면서 을선이 추연과 헤어진 뒤 결혼한 조씨 부인의 모함에서 벗어나는 과정으로 이루어지기 때문이다. 다시 말해, 을선과 추연이 혼인하는 과정은 계모 노씨의 간계라는 계모형 소설의 내용이 중심을 이루고, 추연이 살아 돌아와 을선과 함께 사는 과정은 둘째 부인 조씨의 질투와 모함이라는 쟁총형 소설 내용이 주축이 된다.

이러한 서사 전개에서 가장 중요한 줄기는 악인은 징벌을 받는다는 권선징악이다. 〈정을선전〉의 기본 서사는 정을선과 유추연의 만남과 이별, 혼인이라는 애정의 성취와 가정의 안녕인데, 이 과정에서 계모 노씨와 을선의 다른 부인 조씨의 악행이 갈등을 일으키고 마침내 이들 악인이 처벌됨으로써 서사가 종결된다.

이렇게 볼 때, 노씨의 악행이 주로 나타나는 앞부분의 서사는 〈장화홍련전〉과 같은 소설을 연상시킨다. 전처의 딸 추연은 〈장화홍련전〉의 장화와 홍련에 대응이 되고, 계모 노씨는 〈장화홍련전〉의 허씨에게 대응된다. 또한 추연을 괴롭히는 조씨 부인의 악행이 드러나는 뒷부분 서사는 〈사씨남정기〉나 〈창선감의록〉과 같은 가정소설과 관련된다. 조씨 부인은 추연을 못마땅하게 여겨 자기의 시녀를 이용하여 모함하고 추연이 죽을 지경에 이르게 한다. 하지만 유모와 시녀의 도움으로 추연이 피신하여 겨우 살게 된다.

이러한 〈정을선전〉 서사의 특징적인 것은 주인공 정을선과 유추연을 둘러싼 보조 인물들의 활약이다. 악행을 저지르는 노씨에게 도움을 주는 노태나 조씨의 시녀 역시 서사 전개에 중요한 역할을 하는데, 추연의 유모와 시녀는 자신의 삶을 희생해서까지 주인공을 도와주는 결정적인 역할을 하여 매우 인상적이다.

〈정을선전〉을 읽으면서 다른 고전소설과의 연관성을 찾는다면 더욱 흥미롭게 감상할 수 있으리라 기대한다. 그리고 이러한 소설이 나올 수 있었던 시대적, 문화적 배경에 대해 생각해 본다면 〈정을선전〉에 대해 좀 더 깊이 있게 이해할 수 있을 것이다.

〈정을선전〉의 원문은 활자본의 줄 배치대로 옮기면서 띄어쓰기를 하였다. 그리고 가능한 한 원전의 분위기를 지키는 방향으로 현대어로 옮겼다. 이렇게 옮기고 번역하는 과정에서 오류가 없도록 여러 차례 검토와 수정을 했으나 여전히 바로잡아야 할 부분이 남아 있을 것 같다. 옮긴이의 부족함으로 이해해 주시기 바란다. 현대어로 옮기면서 가장 어려웠던 문제는 항상 그러하듯이 어느 정도로 풀어쓸 것인가 하는 것이었다. 원칙적으로는 원문에 충실하게 옮기려고 하였다. 그렇지만 한글만으로는 의미 전달이 부족한 경우에는 한자를 병기하였고, 좀 생경한 어휘나 한자성어는 미주를 통해 풀이를 하거나 좀 더 편한 표현으로 바꾸었다. 독자께서 이러한 고민을 이해해 주시기 바란다.

이 책이 나오기까지 여러모로 도와주신 분들께 깊은 감사를 드리고 싶다. 좋은 책을 만들 수 있도록 허락해 주신 윤석현 사장님과 편집진께 감사드린다. 그리고 항상 독려해 주는 나의 사랑하는 가족에게 고마운 마음을 전하고 싶다.

서 유 경

차례

정을선전

1

대명 가뎡 년간에 히동 죠션국 경상좌도 계림부 자산촌에 일위
직상이 잇스되 셩은 졍이
오 일홈은 진희라 잠령거족으로 쇼년 등과ᄒᆞ야 벼살이 상국[1]
에 이르러 명망이 죠야에 진
동ᄒᆞ더니 시셰 벤천홈을 인ᄒᆞ야 법강이 히이ᄒᆞ고 졍령이 물란
ᄒᆞ야 군ᄌᆞ의 당은 자년 물
너가고 쇼인의 당이 뎜뎜 나아옴으로 풍진 환로에 ᄯᅳᆺ시 업는지
라 표을 닥거 텬폐[2]에 올녀
벼살을 사양ᄒᆞ고 고향에 돌라와 구름 속에 밧갈기와 달 아릭
고기 낙구기을 일삼으믹 말
년에 가산은 셤부하나[3] 다만 슬하에 일졈혈륙[4]이 읍기르 믹양
슬퍼ᄒᆞ던니 일일은 부인
양씨로 더부러 울젹ᄒᆞᆫ 비회을 풀고자 ᄒᆞ야 후원 동산에 올나가
일변 풍경도 완상ᄒᆞ며 일
변 산보ᄉᆞ로 이리 져리 빅회ᄒᆞ다가 인간 삼싱사을 담화홀식
잇ᄯᆡ은 맛참 츈삼월 망간이
라 동산 셔원에 빅화는 만발ᄒᆞ야 불긋불긋ᄒᆞ고 전천[5] 후계의
양유은 의의ᄒᆞ야 푸릇푸릇

대명 가정 연간에 해동 조선국 경상좌도 계림부 자산촌에 한 재상이 있으되 성은 정이요, 이름은 진희라. 대대로 벼슬한 집안에서 소년 등과하여 벼슬이 상국에 이르러 명망이 조야에 진동하더니, 세상이 변하여 법의 기강이 해이하고 정치 법도가 문란하여 군자의 당은 자연 물러가고 소인의 당이 점점 나아오므로 세상 벼슬에 뜻이 없는지라.

표(表)를 지어 임금께 올려 벼슬을 사양하고 고향에 돌아와 구름 속에 밭 갈기와 달 아래 고기 낚기를 일삼으니, 말년에 가산은 풍족하나 다만 슬하에 자식이 없어 늘 슬퍼하더니, 하루는 부인 양씨와 더불어 울적한 비회(悲懷)를 풀고자 하여 후원 동산에 올라가 일변(一邊) 풍경도 완상하고 일변 산보하며 이리 저리 배회하다가 인간 삼생(三生)사를 담화할새, 이때는 마침 춘삼월 망간이라.

동산(東山) 서원(西園)에 백화(百花)는 만발하여 불긋불긋하고 청청(靑靑) 후계의 양류(楊柳)는 무성하여 푸릇푸릇하게

ᄒᆞ야 원근 산천을 단청ᄒᆞ얏는ᄃᆡ 화간접무[6]은 분분셜[7]이요 유상잉비[8]은 편편금[9]이며 비금
쥬수은 츈흥을 못 이겨 이리져리 쌍쌍너라 물식이 졍 여ᄎᆞᄒᆞ미 즐거운 사ᄅᆞᆷ으로 ᄒᆞ야
금 보게 드면 환환희희로 흥치 일층 도도ᄒᆞ겟고 슬푸 사ᄅᆞᆷ으로 ᄒᆞ야금 보게 드면 우우탄
탄으로 슈회 일층 증가ᄒᆞᆯ너라 이러무로 승상이 부인을 ᄃᆡ하야 츄연[10] 탄 왈 우리 년광[11]이
반이ᄂᆞᆫ 넘어스되 일졈혈륙이 읍스미 우리게 이르러 만년 향화[12]을 끈케 되니 슈원슈구[13]ᄒᆞ

원근 산천을 단청하였는데 화간접무(花間蝶舞)는 분분설(紛紛雪)이요, 유상앵비(柳上鶯飛)는 편편금(片片金)이며 비금주수(飛禽走獸)는 춘흥을 못 이기어 이리저리 쌍쌍래(雙雙來)라.

경치가 이러하니 즐거운 사람으로 하여금 보게 하면 환환희희(歡歡喜喜)로 흥취 일층 도도하겠고 슬픈 사람으로 하여금 보게 하면 우우탄탄(吁吁歎歎)으로 수회(愁懷) 일층 증가할러라.

이러므로 승상이 부인을 대하여 슬프게 탄식하기를,

"우리 인생의 반이 넘도록 자식 하나가 없어 우리 대에 이르러 제사가 끊어지게 되었으니 다른 누구를 원망하리요?

2

리요 사후 빅골이라도 죠션에 큰 죄인을 면치 못ᄒᆞ리로다 이러므로 이갓튼 하죠월셕[14]을

당ᄒᆞ면 더욱 비회을 억졔치 못ᄒᆞ깃도다 ᄒᆞ거놀 부인이 슬품을 못 이기여 엿ᄌᆞ오되 우

리 문호에 무ᄌᆞ함은 다 쳡에 죄악이라 오형지속에 무후막ᄃᆡ[15]라 ᄒᆞ오니 맛당이 그 죄 만번

쥭엄 즉ᄒᆞ외되 도리혀 상공에 널부신 은덕을 입사와 죤문에 의탁ᄒᆞ와 령귀홈을 바드오

니 그 은혜 빅골난망[16]이로소이다 다른 범문도가의 뇨죠슉녀을 널이 구ᄒᆞ시와 춰쳐ᄒᆞ

여 귀ᄌᆞ을 보시면 칠거지악을 면홀가 ᄒᆞᄂᆞ이다 ᄒᆞᆫᄃᆡ 승상이 미쇼 답 왈 부인의게 업는 자

식이 타인에게 춰쳐ᄒᆞᆫ들 읏지 싱남ᄒᆞ오릿가 이는 다 나의 팔ᄌᆞ이오니 부인은 안심ᄒᆞ압

소셔 ᄒᆞ며 시동을 사용ᄒᆞ야 쥬효을 나와 승상이 부인으로 더부러 권ᄒᆞ건니 마시거니 일

비 일비 우일비로 셔로 위로ᄒᆞ며 마신 후에 승상과 부인이 취홍으로 밝은 달을 씌우고 도

라와 각기 침소로 돌라오니라 이날 밤에 잠을 일우지 못 ᄒᆞ야

죽어 백골이 되어도 조상께 큰 죄인 됨을 면치 못하리로다. 이러므로 이 같이 좋은 경치를 만나니 더욱 슬픈 마음을 억제하지 못하겠도다."

하거늘 부인이 슬픔을 못 이기어 여쭈되,

"우리 가문에 자식이 없음은 다 첩의 죄악이라. 불효보다 큰 죄는 없다 하오니 마땅히 그 죄 만 번 죽음 직하되, 상공의 넓으신 은덕으로 이 가문에 의탁하여 높고 귀한 지위를 받으오니 그 은혜 죽어서도 잊지 못하겠습니다. 다른 가문의 요조숙녀를 널리 구하시어 아내로 삼아 아들을 얻으시면 칠거지악을 면할까 하나이다."

하니 승상이 미소 지으며 답하기를

"부인에게 없는 자식이 다른 아내를 얻는다 하여 어찌 생기겠습니까? 이는 다 나의 팔자이오니 부인은 안심하옵소서."

하며 시동에게 술과 안주를 가져오게 하여 승상이 부인과 더불어 권하거니 마시거니 한 잔 한 잔 또 한 잔으로 서로 위로하며 마신 후에 승상과 부인이 취흥으로 밝은 달을 띄우고 각기 침소로 돌아왔다. 이날 밤에 잠을 이루지 못하여

젼젼반칙ᄒᆞ다가 졍막ᄒᆞᆫ
빈 방안에 올련 독좌ᄒᆞ야 슈회을 등촉에 붓치여 이리져리 곰곰
ᄉᆡᆼ각다가 녯말에 ᄒᆞ얏
스되 졍셩이 지극ᄒᆞ면 지셩이 감텬이라 ᄒᆞ얏스니 명산대쳔에
가셔 지셩으로 졍셩드
리여 득남 발원이나 ᄒᆞ야 보면 텬지신명이 혹시 감동ᄒᆞ사 일기
귀ᄌᆞ을 뎜지ᄒᆞ와 후ᄉᆞ나
이여 죠션에 죄을 면ᄒᆞᆯ가 ᄒᆞ야 날싀기를 기달려 즉시 ᄒᆡᆼ장을
슈습ᄒᆞ야 남방으로 향ᄒᆞ
니라 ᄯᅥ는 지 여러 날만에 봉릐산을 당도ᄒᆞ야 슈 일을 한 양후
에 슈 십 명 녁졍을 사용ᄒᆞ야
뎨단을 건츅ᄒᆞ고 목욕지계ᄒᆞ야 졍셩스러온 마음으로 ᄇᆡᆨ일긔도
를 맛치고 본졔[17]로 도라 오니
라 이날 밤에 부인이 자연 곤뇌ᄒᆞ야 안셕에 의지ᄒᆞ야 잠간 죠
으더니 비몽사몽간

전전반측(輾轉反側)하다가 적막한 빈 방안에 홀로 앉아 근심하는 마음으로 등촉 아래서 이리저리 곰곰 생각다가

'옛말에 이르기를 '정성이 지극하면 하늘도 감동한다.' 하였으니 명산대천에 가서 지성으로 정성 드려 아들 낳도록 기도라도 해 보면 천지신명이 혹시 감동하사 아들을 점지하와 대를 이어 조상에 죄를 면할까?'

하여 날이 밝기를 기다려 즉시 행장을 수습하여 남방으로 향하였다. 떠난 지 여러 날 만에 봉래산에 당도하여 수일을 휴양한 후에 수십 명 일군을 시켜 제단을 건축하고 목욕재계하여 정성스러운 마음으로 백일기도를 마치고 집으로 돌아오니라. 이날 밤에 부인이 자연 피곤하여 자리에 앉아 잠깐 졸았더니 비몽사몽간에

3

에 하늘노셔 홍의 동ᄌᆞ 날려와 부인 압헤 ᄭᅮᆯ어 재ᄇᆡ 왈 쇼ᄌᆞ은

남ᄒᆡ 용ᄌᆞ옵더니 상졔ᄭᅴ 득

죄ᄒᆞ와 진세에 ᄂᆡ치시니 갈 바를 아지 못ᄒᆞ야 망극ᄒᆞ옵든 ᄎᆞ에

봉ᄅᆡ산 션관이 귀ᄃᆡᆨ으

로 지시ᄒᆞ옵기로 왓ᄉᆞ오니 부인은 어엽비 보옵쇼셔 ᄒᆞ며 품

속으로 들거늘 량씨 놀ᄂᆞ ᄭᆡ

여보니 남가일몽이라 몽ᄉᆞ가 긔이ᄒᆞ기로 즉시 상공을 청ᄒᆞ야

몽ᄉᆞ을 엿ᄌᆞ온ᄃᆡ 승상

이 청파에 만심 ᄃᆡ희ᄒᆞ야 ᄂᆡ렴에 귀ᄌᆞ을 둘가 암축ᄒᆞ더라 과연

그 달브터 ᄐᆡ긔 잇셔 십이

삭이 되ᄆᆡ 일일은 오ᄉᆡᆨ ᄎᆡ운이 집을 둘우며 ᄒᆡᆼ긔 만실일식 부

인이 죠흔 징죠 잇슴을 보

고 만심 환희ᄒᆞ야 옥노에 향을 살으며 쇼학 ᄂᆡ칙편을 렴남ᄒᆞ다

가 혼미 즁 일기 옥동을 나

ᄒᆞ니 용모 장ᄃᆡᄒᆞ고 표범에 머리며 용의 얼골이요 곰의 등이며

잔나뷔 팔이요 일리의

허리며 겸ᄒᆞ야 쇼ᄅᆡ가 뢰셩 갓흐ᄆᆡ 사ᄅᆞᆷ의 이목을 놀ᄂᆡᄂᆞᆫ지라

승상이 ᄃᆡ희ᄒᆞ야 명

-명 왈 을션이라 ᄒᆞ고 ᄌᆞ을 용부라 ᄒᆞ다 을션이 뎜뎜 ᄌᆞ라ᄆᆡ

하늘에서부터 홍의동자가 내려와 부인 앞에 꿇어 재배하며 말하기를

“저는 남해 용왕의 아들로 상제께 득죄하여 세상에 내치시니 갈 바를 알지 못하여 망극하옵던 차에 봉래산 선관이 귀댁으로 지시하옵기로 왔사오니 부인은 어여삐 보옵소서.”

하며 품속으로 드니 양씨가 놀라 깨어보니 남가일몽(南柯一夢)이라. 꿈이 기이하여 즉시 상공을 청하여 몽사(夢事)를 여쭈니 승상이 듣고 만심(滿心) 대희(大喜)하여 내심 귀자(貴子)를 둘까 마음속으로 기원하더라.

과연 그 달부터 태기 있어 열두 달이 되니 하루는 오색 채운이 집을 두르며 향기가 만실(滿室)할새, 부인이 좋은 징조 있음을 보고 만심(滿心) 환희(歡喜)하여 옥로에 향을 사르며 〈소학〉 내칙편을 열람하다가 혼미한 중에 일개 옥동을 낳으니 용모가 장대하고, 표범의 머리에 용의 얼굴이요, 곰의 등에 잔나비 팔이요. 기린의 허리며 겸하여 소리가 뇌성 같으매 사람의 이목을 놀라게 하는지라. 승상이 대희(大喜)하여 명명하여 부르기를 을선이라 하고 자를 용부라 하였다.

을선이 점점 자라매

총명이 과인ᄒᆞ야 무

경 칠셔을 무불통지ᄒᆞ며 동 서양 졔가셔를 열람 아니ᄒᆞᆫ 셔칙이

읍는지라 세월이 유슈

갓ᄒᆞ야 춘광이 십에 일으믹 지혜는 만인에 지닉고 직죠는 천인

에 지닉며 용밍은 절듸ᄒᆞ

고 겸ᄒᆞ야 츙효가 특이ᄒᆞ니 동셔양에 공젼절후[18]ᄒᆞᆫ 인물이라

인걸은 지령[19]이라더니 자고

급금[20]ᄒᆞ야 죠션 동천[21]에 특별ᄒᆞᆫ 령걸이 비츌ᄒᆞ니 금슈강산

일시 분명ᄒᆞ더라 각셜 잇ᄯᅢ 익

쥬 ᄯᅡ에 일위 지상이 잇스되 셩은 유요 명은 한경이라 몸이

일즉 현달ᄒᆞ야 벼살이 이부

상셔에 이르러 츙의 강직ᄒᆞ야 명망이 죠야에 진동ᄒᆞ더니 쇼인

의 참쇼을 만ᄂᆞ 삭탈관즉

ᄒᆞ야 닉치심을 당ᄒᆞ믹 고향에 돌아와 농부 어옹이 되야 셰월을

츄월 츈풍으로 보닉니

총명이 뛰어나 병법에 관한 책들을 훤히 다 알아 모르는 것이 없으며 동서양 제가서를 열람하지 않은 서책이 없는지라.

세월이 유수(流水)같아 나이가 열 살이 되니 지혜는 만인(萬人)보다 뛰어나고 재주는 사람 천 명보다 나으며 용맹은 매우 크고 겸하여 충효가 특별하니 동서양에 비교할 사람이 없는 인물이라. 인걸은 땅이 낳는다더니 예부터 지금까지 이르도록 조선의 경치 좋은 곳에 특별한 영웅호걸이 나니 금수강산임이 분명하더라.

각설. 이때 익주 땅에 한 재상이 있으되 성은 유요 이름은 한경이라. 일찍 현달하여 벼슬이 이부상서에 이르고 충의가 강직하여 명망이 조야에 진동하더니, 소인의 참소를 만나 삭탈관직(削奪官職)하여 내치심을 당하매 고향에 돌아와 농부 어옹이 되어 세월을 추월 춘풍으로 보내니

4

다만 ᄒᆞᆫ가ᄒᆞᆫ 사ᄅᆞᆷ이 되얏스되 일즉 아들이 업고 일녀ᄲᅮᆫ이니 일홈은 츄년이라 ᄒᆞ니라 난지 삼 일만에 부인 최씨 산후병으로 셰상을 영결ᄒᆞ니라 즉시 유모을 뎡ᄒᆞ야 지셩으로 양육ᄒᆞ야 년긔 십오 셰에 이르러 시셔를 통달하여 지셩으로 부친을 셤긔며 겸ᄒᆞ야 셜부화용[22]이 무쌍[23]ᄒᆞ고 용모 자ᄉᆡᆨ이 태림 태ᄉᆞ에 비ᄒᆞ겟고 덕힝은 동셔고금에 졀ᄃᆡᄒᆞ니라 유 상셔 애지즁지ᄒᆞ기를 쟝즁보옥갓치 사랑ᄒᆞ더라 상셔 환거[24]ᄒᆞᆯ 슈 업셔 로씨라 ᄒᆞ는 녀ᄌᆞ를 ᄌᆡ취ᄒᆞ야 일남 일녀을 ᄂᆞ흔지라 로씨 본ᄅᆡ 마음이 어질지 못ᄒᆞ야 츄련을 항상 ᄒᆡ코ᄌᆞ ᄒᆞ더라 상셔 쇼시로부터 졍 승상과 단금의 붕우[25]라 황상의 ᄂᆡ치심을 당ᄒᆞᆷ의 고향으로 도라와 졍 승상을 항시로 사모ᄒᆞ더니 맛참 상셔에 회갑이라 잔치를 ᄇᆡ셜ᄒᆞ고 졍 승상과 누년 뎍죠[26]ᄒᆞ든 회포을 서회코ᄌᆞ 쳥료[27]ᄒᆞ엿는지라 승상이 멀고 먼 도로를 혐의치 안코 즉시 을션을 달리고 발뎡ᄒᆞ야 익쥬로 힝ᄒᆞ야 간이라 다만 한가한 사람이 되었으되 일찍 아들이 없고 딸 하나뿐이니 이름은 추연이라 하니라. 태어난 지 삼 일 만에 부인 최씨가 산후병으로 세상을 영결하니라. 즉시 유모를 정하여 지성으로 양육하여 나이 십오 세에 이르니, 시서를 통달하여 지성으로 부친을 섬기며 겸하여 설부화용(雪膚花容)이 무쌍하고 용모 자색이 태임 태사에 비하겠고 덕행은 동서고금에 절대(絶大)하니라. 유 상서가 애지중지하기를 장중보옥같이 사랑하더라.

상서가 홀아비로 살 수 없어 노씨라 하는 여자와 다시 혼인하여 일남 일녀를 낳은지라. 노씨가 본래 마음이 어질지 못하여 추연을 항상 해하고자 하더라.

상서가 어릴 적부터 정 승상과 단금(斷金)의 붕우(朋友)라. 황제에게 내치심을 당하여 고향에 돌아와 정 승상을 항상 사모하더니 마침 상서의 회갑이라. 잔치를 배설하고 정 승상과 변함없이 절개를 지키던 회포를 풀고자 청하였는지라. 승상이 멀고 먼 길을 혐의하지 않고 즉시 을선을 데리고 길을 떠나 익주로 행하여 가니라.

잇씩 유 상셔가 졍 승상을 만

ᄂᆞ 젹년에 그리든 깁흔 졍회를 담화할ᄉᆡ 을션을 명ᄒᆞ야 상셔ᄭᅴ

뵈온디 상셔 ᄯᅩ한 로씨

몸에셔 나은 ᄌᆞ식을 불너 승상ᄭᅴ 뵈옵게 ᄒᆞᆫ 후 승상과 상셔

셔로 질거워 함이 비할 ᄯᅢ 업더

라 여러 날 질거워 지날ᄉᆡ 일일은 을션이 동산에 올ᄂᆞ 풍경을

둘루 구경ᄒᆞ다가 한편을

바라본즉 후원에 잇는 양유 가지 흔들흔들ᄒᆞ거늘 을션이 자셔

이 살펴보니 한 낭지 여러

시비을 달리고 추천ᄒᆞᄂᆞᆫ지라 잠간 은신ᄒᆞ야 본즉 구름 갓흔

머리치은 허리 아릭 너풀

너풀ᄒᆞ고 외이씨 갓튼 발길은 반공 즁에 흣날녀 셤셤옥슈로

츄천쥴를 휘여 잡고 압쥴을

별려 뒤가 늘며 뒤쥴을 버려 압히 늘고 한번 굴너 두번 굴너

반공즁애 쇼사 올ᄂᆞ 벽년화

이때 유 상서가 정 승상을 만나 여러 해 그리던 깊은 정회를 담화할새, 을선에게 명하여 상서께 뵈온대, 상서 또한 노씨 몸에서 나은 자식을 불러 승상께 뵈옵게 한 후 승상과 상서가 서로 즐거워함이 비할 데가 없더라.

여러 날을 즐거워하며 지낼 새, 하루는 을선이 동산에 올라 풍경을 두루 구경하다가 한편을 바라본즉 후원에 있는 양류 가지가 흔들흔들하거늘 을선이 자세히 살펴보니 한 낭자가 여러 시비를 데리고 그네뛰기를 하는지라. 잠깐 은신하여 본즉 구름 같은 머리채는 허리 아래에서 너풀너풀하고 오이씨 같은 발길은 반공중에 흩날려 섬섬옥수로 그네 줄을 휘어잡고 앞줄을 벌려 뒤가 늘며 뒷줄을 벌려 앞이 늘고 한번 굴러 두 번 굴러 반공중에 솟아올라 벽련화를

5

를 두 발길노 툭툭 차던지며 양류 가지를 휘여잡는 모양은 평

싱보던 빈 쳐음이라 한번 보

믜 심신이 산란ᄒᆞ야 점점 나가볼 ᄉᆡ 시비 등이 쇼져께 ᄃᆡ하야

말ᄒᆞ되 경셩 ᄃᆡᆨ에셔 사실

ᄯᅢ에 국ᄂᆡ 자식을 만히 보앗스되 우리 쇼져 갓튼 인물은 보지

못ᄒᆞ얏더니 외방에 오신 졍

공ᄌᆞ의 인물이 쇼져와 차등 읍ᄂᆞᆫ 듯 ᄒᆞ오니 짐짓 남즁일식인가

ᄒᆞ외다 ᄒᆞᆫᄃᆡ 쇼져 웃고

왈 ᄂᆡ 인물이 무엇시 곱다 ᄒᆞ리오 ᄒᆞ더라 이윽고 츄천 유희를

다ᄒᆞ고 드러가거늘 을션이

이 거동을 완상ᄒᆞ고 정신이 살란ᄒᆞ야 날이 져무도록 그곳에셔

배회ᄒᆞ다가 외당으로 드

러오니라 낭ᄌᆞ의 고흔 ᄐᆡ도가 눈에 암암ᄒᆞ고 쳥아ᄒᆞᆫ 음셩은

귀에 징징ᄒᆞ야 심혼이 흣터

져 장부의 간장을 다 녹이ᄂᆞᆫ 듯 정막ᄒᆞᆫ 방 안에 등촉으로 벗슬

삼아 홀노 안자 ᄉᆡᆼ각ᄒᆞ니 셰

상 만물이 다 ᄶᅡᆨ이 잇ᄂᆞᆫᄃᆡ ᄂᆞ 혼ᄌᆞ ᄶᅡᆨ이 읍셔 항상 근심ᄒᆞ던니

우연이 유 상셔 집 후원에 이

르럿다가 ᄇᆡᆨ옥 갓튼 사ᄅᆞᆷ의 마음을 놀ᄂᆡᄂᆞᆫ가 이윽히 ᄉᆡᆼ각ᄒᆞ며

두 발길로 툭툭 차 던지며 양류 가지를 휘어잡는 모양은 평생 본 것 중 처음이라. 한번 보매 심신이 산란하여 점점 나가볼새 시비 등이 소저께 대하여 말하되

"경성 댁에서 사실 때에 자색을 많이 보았으되 우리 소저 같은 인물은 보지 못하였더니, 외방에 오신 정 공자의 인물이 소저와 차등이 없는 듯하오니 짐짓 남중일색(男中一色)인가 하외다."

하니 소저가 웃고 말하기를

"내 인물이 무엇이 곱다 하리오."

하더라. 이윽고 그네뛰기 놀이를 다하고 들어가거늘 을선이 이 거동을 완상하고 정신이 산란하여 날이 저물도록 그곳에서 배회하다가 외당으로 들어 오니라. 낭자의 고운 태도가 눈에 암암하고 청아한 음성은 귀에 쟁쟁하여 심혼이 흩어지고 장부의 간장을 다 녹이는 듯하여 적막한 방 안에 등촉으로 벗을 삼아 홀로 앉아 생각하니

'세상 만물이 다 짝이 있는데 나 혼자 짝이 없어 항상 근심하더니 우연히 유 상서 집 후원에 이르렀다가 백옥 같은 사람의 마음이 놀라는가?'

이윽히 생각하며

밤이 싀도록 잠을 일우지
못ᄒᆞ야 여취여광ᄒᆞ야 눈에 뵈이는 것이 젼혀 다 뉴 쇼져 모양
이라 이러무로 불과 오륙 일
지간에 인형이 쵸최ᄒᆞ고 그러케 흔ᄒᆞ든 잠도 업더라 잇흔날
승상게옵셔 길를 써나 집
으로 가실ᄉᆡ 을션이 마지못ᄒᆞ야 부친을 뫼시고 도라왓시나 만
사 무심ᄒᆞ야 학업을 젼폐
ᄒᆞ고 ᄉᆡᆼ각나난 이 뉴 쇼져로다 일염에 병이 되여 죽을 지경의
이르러는지라 승상 부뷔
민망ᄒᆞ야 온갓 약을 쓴들 죠금이라도 ᄎᆞ도가 잇슬손야 빅약이
무효ᄒᆞ야 병셰 졈졈 침즁
ᄒᆞ는지라 그 모친이 약을 다리며 을션의 겻헤 안져더니 을션이
병즁 군말로 뉴 쇼져 집 후
원에셔 보던 낭ᄌᆞ 여긔 왓는야 무슈ᄒᆞᆫ 헷쇼릐를 크게 부르거놀
그 모친이 을션의 셤어[28]하

밤이 새도록 잠을 이루지 못하여 여취여광하여 눈에 보이는 것이 모두 다 유 소저 모양이라. 이러므로 불과 오륙 일 만에 모습이 초췌하고 그렇게 흔하던 잠도 없더라. 이튿날 승상께옵서 길을 떠나 집으로 가실새 을선이 마지못하여 부친을 모시고 돌아왔으나 만사무심(萬事無心)하여 학업을 전폐하고 생각나는 이, 유 소저로다. 일념(一念)에 병이 되어 죽을 지경에 이르렀는지라. 승상 부부가 민망하여 온갖 약을 쓴들 조금이라도 차도가 있겠는가? 백약이 무효하여 병세가 점점 중해지는지라. 그 모친이 약을 달이며 을선의 곁에 앉아 있었더니 을선이 병중 잠꼬대로

"유 소저 집 후원에서 보던 낭자가 여기 왔느냐?"

무수한 헛소리로 크게 부르거늘 그 모친이 을선의 헛소리 하는

6

는 그동을 보고 놀나며 승상을 쳥ᄒᆞ여 이 연유를 엿쥬오되 을션이가 병 중 셤어로 약시 약

시ᄒᆞ옵듸다 ᄒᆞ거늘 승상이 쳥파의 괴상이 여기여 을션은 ᄶᅵ웨 무르되 네 병셰를 살펴보

니 우리 말년의 너를 나아 쟝즁 보옥갓치 사랑ᄒᆞ더니 홀연 득병ᄒᆞ야 이갓치 위즁ᄒᆞ니

네가 무삼 연고 잇는 듯십푸니 실ᄉᆞ를 은휘치 말고 심즁쇼회[29]를 ᄌᆞ셔히 셜명ᄒᆞ라 을션이 민면ᄒᆞᆫ 말로 엿ᄌᆞ오ᄃᆡ 부친게옵셔

잇갓치 뭇ᄌᆞ오시니 읏지 긔망ᄒᆞ오릿가 과연 젼일

유 상셔 집의 갓실 ᄶᅢ의 후원 동산의셔 츄천ᄒᆞ는 낭ᄌᆞ를 보고 심신이 아득ᄒᆞ와 일념에 병

이 되여 부모 안젼에 이갓치 불효를 ᄭᅵ치오니 죄사무셕[30]이로쇼이다 승상이 쳥파에 네 병

이 진실노 그러할진ᄃᆡ 그런 말을 왜 진작 아니 ᄒᆞ얏단 말이냐 익쥬 갓슬 ᄶᅢ에 유 상셔의 아

들를 보믜 그 상모가 아름답지 못ᄒᆞ기로 그져 도라왓더니 네 진실노 그러할진댄 믜파

를 보ᄂᆡ여 유 상셔끠 통혼ᄒᆞ면 응당 희쇼식이 잇슬 듯ᄒᆞ니 안심ᄒᆞ라 하고 믜픠를 즉시 보

거동을 보고 놀라며 승상을 청하여 이 연유를 여쭈되

"을선이 병 중 헛소리로 이리이리 하옵디다."

하거늘 승상이 듣고 나서 괴상히 여기어 을선을 깨워 묻되

"네 병세를 살펴보니 우리 말년에 너를 낳아 장중보옥같이 사랑하더니 홀연 득병하여 이같이 위중하니 너에게 무슨 연고가 있는 듯싶으니 사실을 숨기지 말고 심중소회(心中所懷)를 자세히 설명하라."

을선이 민망하여 여쭈기를

"부친께옵서 이렇게 물으시니 어찌 속이오리까? 과연 지난번 유 상서 집에 갔을 때 후원 동산에서 그네 뛰는 낭자를 보고 심신이 아득하여 마음에 병이 되어 부모님께 이같이 불효를 끼치오니 죄사무석이로소이다."

승상이 듣고

"네 병이 진실로 그러할진대 그런 말을 왜 진작 하지 아니하였단 말이냐? 익주 갔을 때에 유 상서의 아들을 보매 그 용모가 아름답지 못하기로 그저 돌아왔더니, 네 진실로 그러할진대 매파를 보내어 유 상서께 통혼하면 마땅히 희소식이 있을 듯하니 안심하라."

하고 매파를 즉시

ᄂᆡ여 통혼ᄒᆞ엿ᄂᆞᆫ지라 유 상셔는 을션을 보ᄂᆡ고 사모 불이[31]

ᄒᆞ던 ᄎᆞ에 승상의 보ᄂᆡ신 ᄆᆡ파

의 청혼함을 듯고 무ᄂᆡ 깃거ᄒᆞ야 즉시 허락ᄒᆞ며 ᄐᆡᆨ일ᄶᅡ지 ᄒᆞ야

보ᄂᆡ는지라 잇ᄯᆡ 승상이

을션더러 유 쇼져와 졍혼된 말을 이른니 을션의 부친의 말슴을

듯고 일변 황감ᄒᆞ며 일

변 깃버ᄒᆞ야 병셰 점점 ᄎᆞ도 잇더라 각셜 잇ᄯᆡ 텬ᄌᆞ 문무ᄇᆡᆨ관

을 인격을 ᄐᆡᆨ취ᄒᆞ랴 ᄒᆞ시고

각도 힝관하사 별과를 뵈일ᄉᆡ 과일이 점점 림ᄒᆞ엿ᄂᆞᆫ지라 잇ᄯᆡ

을션의 년광이 십팔 셰

라 셔칙을 품에 품고 장즁에 드러가 본즉 텬ᄌᆞ 열후 종실과

만죠ᄇᆡᆨ관을 거ᄂᆞ리시고 젼각

에 어좌ᄒᆞ시ᄂᆞᆫ지라 여러 시관이 하관을 명ᄒᆞ야 글제를 ᄂᆡ여

걸거늘 을션이 시지를 펼쳐

보내어 통혼하였는지라.

유 상서는 을선을 보내고 궁금해 하던 차에 승상이 매파를 통해 청혼함을 듣고 못내 기뻐하여 즉시 허락하며 택일까지 하여 보내는지라.

이때 승상이 을선에게 유 소저와 정혼된 말을 이르니 을선이 부친의 말씀을 듣고 일변 황감(惶感)하며 일변 기뻐하여 병세 점점 차도 있더라.

각설. 이때 천자가 문무백관의 인걸을 선택하시려고 각도에 공문을 보내어 별과를 보일새 과거 날이 점점 다가왔는지라. 이때 을선의 나이가 십팔 세라. 서책을 품에 품고 장중에 들어가 본즉 천자가 열후 종실과 만조백관을 거느리시고 전각에 어좌(御座)하시는지라. 여러 시관(試官)이 하관을 명하여 글제를 내어 걸거늘 을선이 시지(試紙)를 펼쳐

7

놋코 산호필 반즘 풀러 일필휘지ᄒᆞ니 용사 비등ᄒᆞ야 자자 쥬옥
이오 필법은 왕일쇼[32]라 일
쳔에 션장ᄒᆞ고[33] 장즁을 두루 구경ᄒᆞ더라 텬ᄌᆞ 여러 시관으로
더브러 경향 션비에 시츅을
열람ᄒᆞ시다가 한 글쟝을 보시고 칭찬부리ᄒᆞ시며 봉ᄂᆡ를 ᄀᆡ탁
ᄒᆞ야 보신즉 젼 승상 졍진
희의 아들 을션이라 ᄒᆞ엿거늘 황상이 ᄃᆡ열ᄒᆞ샤 즉시 장원을
식키시고 실ᄂᆡ를 ᄌᆡ촉ᄒᆞ실
식 을션이 호명ᄒᆞᄂᆞᆫ 쇼ᄅᆡ를 듯고 여취여광ᄒᆞ야 어뎐에 다다라
복지ᄒᆞ온ᄃᆡ 을션을 다시
명쇼ᄒᆞ사 당상에 올녀 안치시고 을션에 용모를 잠간 살펴 보신
즉 미간이 광활함ᄆᆡ 일월
졍긔 감초엿고 봉안에 광치를 ᄯᅴ워스니 지심모원ᄒᆞ겟고 호골
용안이요 곰의 등이요 잔
나뷔 팔이며 일희 허리의 음셩이 뇌셩 갓트며 신장이 구 쳑이
라 텬ᄌᆞ 특별리 사랑ᄒᆞ사 여
러 번 진퇴ᄒᆞ시며 한림학사를 졔슈ᄒᆞ시고 사악ᄭᆞ지 하시니라
한림이 사은 슉비ᄒᆞ고 궐
문 밧게 ᄂᆞ온니 한림원 시비와 화동과 악싱이 좌우에 나열ᄒᆞ고

놓고 산호필 반쯤 풀어 일필휘지(一筆揮之)하니 용사비등(龍蛇飛騰)하여 글자는 주옥(珠玉)이요, 필법은 왕희지라. 일천(一天)에 선장(先場)하고 장중을 두루 구경하더라. 천자가 여러 시관(試官)과 더불어 경향(京鄕) 선비들의 시를 열람하시다가 한 글장을 보시고 매우 칭찬하시며 봉래를 개탁(開坼)하여 보신즉 전 승상 진희의 아들 을선이라 하였거늘 황상이 크게 기뻐하시어 즉시 장원을 시키시고 실내를 재촉하실새, 을선이 호명하는 소리를 듣고 여취여광하여 어전(御殿)에 다다라 복지(伏地)하니 을선을 다시 부르사 당상에 올려 앉히시고 을선의 용모를 잠깐 살펴 보신즉 미간이 광활하매 일월정기가 감초였고 봉황의 눈에 광채를 띠었으니 끝없이 깊겠고, 호랑이 골격에 용의 얼굴이요, 곰의 등이요, 잔나비 팔이며, 늑대 허리에 음성이 뇌성 같으며 신장이 구척이라.

천자가 특별히 사랑하사 여러 번 진퇴하시며 한림학사를 제수하시고 풍류하시니라. 한림이 사은숙배하고 궐문 밖에 나오니 한림원 하인과 화동, 악생이 좌우에 나열하고

청홍기[34]는 반공 중에 소사
잇는지라 일위 쇼년이 삼층 윤거의 놉피 안져 봉미션[35]으로
일광을 가리오고 대로 상으로
언연이 지너니 짐짓 동셔양 고금 영웅을 슬하에 쑬일 만한 인
물일너라 니원 풍악 소릭는
원근에 진동하미 만죠 빅관이며 장안 만민이 닷토와 완상ᄒᆞ며
칭찬 안이 리 읍더라 잇
ᄯᅢ 한림이 령친[36]할 사로 탑뎐에 쥬달ᄒᆞ고 번졔로 도라오니라
승상 부뷔 한림의 손을 잡고
무ᄂᆡ 질겨ᄒᆞ시며 즉시 익쥬 유 상셔 덕으로 긔별ᄒᆞ니라 상셔
이 쇼식 듯고 크게 깃거ᄒᆞ
야 희식을 ᄯᅴ여 ᄂᆡ당에 드러가 부인과 쇼져를 보고 슈말을 ᄒᆞ
시고 질길시 그졔야 유모ᄭᆞ
지 듯고 깃거ᄒᆞ되 로씨 호을노 것츠로 죠아ᄒᆞᄂᆞ 속으로는 흉계
만 싱각ᄒᆞ더라

청홍개는 반공에 솟아 있는지라. 소년 한 명이 삼층 수레에 높이 앉아 봉미선으로 일광을 가리고 대로상으로 당당히 지나가니 짐짓 동서양의 고금 영웅을 슬하에 꿇릴 만한 인물일러라. 궁중의 풍악 소리가 원근에 진동하매 만조백관과 장안 만민이 다투어 완상하며 칭찬하지 않을 사람이 없더라.

이때 한림이 부모님께 인사 올리기 위해 탑전에 주달하고 자기 집으로 돌아오니라. 승상 부부가 한림의 손을 잡고 못내 즐거워하시며 즉시 익주 유 상서 댁으로 기별하니라. 상서가 이 소식을 듣고 크게 기뻐하여 희색을 띠어 내당에 들어가 부인과 소저를 보고 있었던 일을 이야기하시고 즐길새, 그제야 유모까지 듣고 기뻐하되 노씨가 홀로 겉으로 좋아하나 속으로는 흉계만 생각하더라.

8

각셜 이ᄯᅢ 죠왕이 한 ᄯᆞᆯ을 두엇스되 자식이 비범ᄒᆞ야 셜부화용이 비할 ᄯᅢ 업셔 현셔[37] 턱하기를 널리 ᄒᆞ더니 맛참 정을션에 풍치와 용모가 비범ᄒᆞᆫ 인물이며 겸ᄒᆞ야 한림학사의 위의를 칭찬 불리ᄒᆞ며 ᄇᆡᆨ 학사라 ᄒᆞᄂᆞᆫ 사ᄅᆞᆷ을 보ᄂᆡ여 청혼ᄒᆞᆫ즉 할님이 허락지 아니ᄒᆞ고 도로혀 가기를 지촉ᄒᆞ거늘 죠왕이 ᄃᆡ로ᄒᆞ야 텬ᄌᆞᄭᅴ 쥬 왈 신의 여식이 잇삽기로 한림 을션에게 청혼ᄒᆞᆫ즉 거절ᄒᆞ오니 통분ᄒᆞ압고 ᄋᆡ달ᄉᆞ외다 ᄒᆞ거늘 텬ᄌᆞ 청파에 즉시 을션을 명초ᄒᆞ시니 한림이 궐ᄂᆡ로 들러가 복지ᄒᆞ온ᄃᆡ 텬자 가라ᄉᆞᄃᆡ 짐의 족하 죠왕이 네게로 청혼ᄒᆞᆫ즉 거절ᄒᆞ얏다 ᄒᆞ니 그럴시 분명ᄒᆞ냐 하신ᄃᆡ 한림이 복지 쥬 왈 쇼신이 소국 쳔훈 용지오니 읏지 죠왕에 구혼함을 거절ᄒᆞ오릿가 가정에 구ᄋᆡᄒᆞᄂᆞᆫ 일리 압혜 잇삽기로 죤명을 봉힝치 못ᄒᆞ엿ᄂᆞ이다 상이 문 왈 무삼 사정이 잇ᄂᆞᆫ가 ᄒᆞ신ᄃᆡ 한림이 쥬 왈 텬각설. 이때 조왕이 딸 하나를 두었으되 자색이 비범하여 설부화용이 비할 데 없어 어진 사위를 널리 구하더니 마침 정을선의 풍채와 용모가 비범하고, 겸하여 한림학사의 위의를 갖추었기에 칭찬을 그치지 아니하며 백 학사라 하는 사람을 보내어 청혼한즉 한림이 허락하지 아니하고 돌아가기를 재촉하거늘 조왕이 크게 노하여 천자께 아뢰기를

"신에게 딸이 있어 한림 을선에게 청혼한즉, 거절하오니 통분하고 애달프옵니다."

하거늘 천자가 다 듣고 즉시 을선을 명초하시니 한림이 궐내로 들어가 복지하온대, 천자가 가라사대

"짐의 조카 조왕이 네게 청혼한즉 거절하였다 하니 그것이 분명하냐?"

하신대 한림이 엎드려 아뢰기를

"소신이 소국의 천한 용재이오니 어찌 조왕의 구혼을 거절하오리까? 전에 구애한 일이 이미 있어 존명을 받들지 못하였나이다."

상이 묻기를

"무슨 사정이 있는가?"

하신대 한림이 아뢰기를

상셔 유한경의 여식과 졍혼ᄒᆞ와 텩일 봉치[38]ᄒᆞᆫ 말솜을 쥬달ᄒᆞ온ᄃᆡ 텬자 드르시고 가라

ᄉᆞᄃᆡ ᄉᆞ뎡도 그러ᄒᆞᆯ ᄲᅮᆫ 안이라 혼인은 인륜ᄃᆡ사라 금셕갓치 뇌졍ᄒᆞᆫ 혼인을 왕위로 져어

ᄒᆞ면 이는 인사의 어그러진 일리라 겸ᄒᆞ야 짐이 군부되여 빅셩의 션악을 웃지 알이요

ᄒᆞ시고 쬬왕을 부르사 이 쯧스로 일으시고 달너여 말유ᄒᆞ시고 ᄯᅩᄒᆞᆫ 유한경은 죄 즁에

잇는지라 네 빙부 된다 ᄒᆞ기로 네 낫츨 보아 죄를 특사ᄒᆞ노라 ᄒᆞ시고 익쥬로 방츌ᄒᆞ시

니 한림이 텬은을 츅사ᄒᆞ고 물너나아 오니라 잇ᄯᅢ 길일리 갓가오거늘 한림이 부친을 뫼

시고 익쥬로 나려갈시 한원 시비와 이원풍악이며 위의 거동을 이로 칭양치 못ᄒᆞᆯ너라

각셜 이ᄯᅢ 로씨 미양 소져를 죽이고자 ᄒᆞ더니 일일은 독ᄒᆞᆫ 약을 음식에 너어 쇼져를 준ᄃᆡ

전 상서 유한경의 여식과 정혼하여 택일하고 봉채 한 말씀을 올리니 천자가 들으시고 가라사대

"사정도 그러할 뿐 아니라 혼인은 인륜대사라. 금석같이 정한 혼인을 왕위로 막으면 이는 인사에 어그러진 일이라. 겸하여 짐이 군부 되어 백성의 선악을 어찌 알리요?"

하시고 조왕을 불러 이러한 말로 이르시고 달래어 만류하시고 또한

"유한경은 죄 중에 있는지라. 네 빙부가 된다 하므로 네 낯을 보아 죄를 특사하노라."

하시고 익주로 방출하시니 한림이 천은을 축사하고 물러나와 오니라. 이때 길일이 가까워 오거늘 한림이 부친을 모시고 익주로 내려갈새, 한림원과 예문관의 시중과 이원풍악(梨園風樂)이며 위엄 있는 거동을 이루 측량치 못할러라.

각설. 이때 노씨가 매양 소저를 죽이고자 하더니, 하루는 독한 약을 음식에 넣어 소저를 준대

9

소져 맛춤 속이 불평훈지라 이의 바다 유모를 들니고 침소의
도라와 먹으려 할 식 하늘이
살피시미 소소훈[39]지라 홀연 난 딕 업ᄂᆞᆫ 바람이 니러나 틔끌이
쥭의 날녀 들거ᄂᆞᆯ 소졔 틔끌
을 건져 문밧긔 바리니 푸른 불이 니러나는지라 디경ᄒᆞ야 이의
유모를 불너 연류를 말ᄒᆞ
니 유모 디경ᄒᆞ야 이의 기를 불너 죽을 먹이니 그 기 즉시 죽거
ᄂᆞᆯ 소져와 유뫼 더욱 놀나 ᄎᆞ
후는 쥬는 음식을 먹지 아니ᄒᆞ고 유모의 집에셔 밥을 지어 슈
건의 ᄊᆞ다가 겨우 연명만 ᄒᆞ
더라 노씨 마음의 혜오되 약을 먹여도 죽지 아니ᄒᆞ니 가장 이
상ᄒᆞ도다 ᄒᆞ고 다시 희홀 계
교를 싱각ᄒᆞ더니 셰월이 여류ᄒᆞ야 길일이 다다르미 뎡 시랑이
위의를 갓초와 여러 날을
힝ᄒᆞ야 류부의 니르니 시랑의 풍치 젼일의셔 더 비승ᄒᆞ야 몸의
운무ᄉᆞ 관디를 닙고 허리
의 금ᄉᆞ 각디를 띄엿스니 텬샹 신션이 하강훈 듯ᄒᆞ더라 ᄎᆞ시
텬조 ᄉᆞ관이 니르럿는지라

소저 마침 속이 불편한지라. 이에 받아서 유모에게 들리고 침소에 돌아와 먹으려 하는데 하늘이 살피신 것이 분명한지라. 갑자기 난 데 없는 바람이 일어나 티끌이 죽에 날려 들거늘. 소저가 티끌을 건져 문밖에 버리니 푸른 불이 일어나는지라. 대경(大驚)하여 유모를 불러 연유를 말하니 유모가 대경하여 개를 불러 죽을 먹이니 그 개가 즉시 죽거늘 소저와 유모가 더욱 놀라 차후는 주는 음식을 먹지 아니하고 유모의 집에서 밥을 지어 수건에 싸다가 겨우 연명만 하더라.

노씨가 마음에 생각하기를

'약을 먹여도 죽지 아니하니 정말 이상하도다.'

하고 다시 해칠 계교를 생각하더니, 세월이 여류하여 길일이 다다르매 정 시랑이 위의를 갖추어 여러 날을 행하여 유 승상 집에 이르니 시랑의 풍채가 예전보다 더 배승하여, 몸에 운무사 관대를 입고 허리에 금사 각대를 띠었으니 천상 신선이 하강한 듯하더라.

이때 천조 사관이 이르렀는지라.

승상이 텬은을 숙ᄉᆞᄒᆞ고 ᄉᆞ문을 보니 젼과를 ᄉᆞᄒᆞ야 관작을 회복ᄒᆞᆫ 셩지라 류 승상이 북
향 ᄉᆞ은ᄒᆞ고 ᄉᆞ관을 관ᄃᆡᄒᆞ야 보ᄂᆡᆫ 후 류 승상이 초왕 부ᄌᆞ를 마ᄌᆞ 기간 ᄉᆞ모ᄒᆞ던 회포
를 폘ᄉᆡ 눈을 드러 뎡 시랑을 보니 옥모 풍치 젼의셔 비승ᄒᆞᆫ지라 깃부믈 니긔지 못ᄒᆞ고 좌
상 졔빈이 일시에 승샹을 향ᄒᆞ야 쾌셔 어듬을 칭하ᄒᆞ니 류공이 희불ᄌᆞ승ᄒᆞ야 치하를 ᄉᆞ
양치 아니ᄒᆞ더라 이튼날 녜를 갓쵸와 젼안ᄒᆞᆯ ᄉᆡ 근쳐 방빅 슈령이며 시비와 하예 등 쌍을
무리 지어 신부를 인도ᄒᆞ야 니르ᄆᆡ 신랑이 교ᄇᆡ셕에 나아가 눈을 드러 신부를 잠간 보니
머리의 화관을 쓰고 몸의 치의를 닙고 무슈ᄒᆞᆫ 시네 옹위ᄒᆞ엿시니 그 졀묘ᄒᆞᆫ 거동이 젼의
츄쳔ᄒᆞ던 모양과 비승ᄒᆞ더라 그러ᄒᆞ나 신뷔 슈식이 만안ᄒᆞ고 유뫼 눈물 흔젹이 잇거놀

승상이 천은을 숙사하고 사문(赦文)을 보니 이전의 과오를 사하여 관작을 회복한다는 성지(聖旨)라. 유 승상이 북향 사은하고 사관을 관대하여 보낸 후 유 승상이 초왕 부자(父子)를 맞아 그간 사모하던 회포를 펼새, 눈을 들어 정 시랑을 보니 옥 같은 용모와 풍채가 전보다 배승한지라. 기쁨을 이기지 못하고 자리에 앉은 손님들이 일시에 승상을 향하여 좋은 사위 얻음을 축하하니 유공이 기쁨을 이기지 못하여 치하를 사양하지 아니하더라.

이튿날 예를 갖추어 혼례를 올리는데 근처 방백 수령과 시종 등이 무리 지어 신부를 인도하여 이르매, 신랑이 교배석에 나아가 눈을 들어 신부를 잠깐 보니 머리에 화관을 쓰고 몸에 채의(彩衣)를 입고 무수한 시녀를 옹위하였으니 그 절묘한 거동이 전에 그네 뛰던 모양보다 훨씬 더 뛰어나더라. 그러하나 신부의 얼굴에 수심이 가득하고 유모에게 눈물 흔적이 있거늘

심즁의 괴이ᄒᆞ나 누를 향ᄒᆞ야 무르리오 이의 교비ᄒᆞ기를 맛고 동방의 나아가니 좌우의
옥촉과 운무병이 황홀ᄒᆞᆫ지라 괴로이 소져를 기다리더니 이윽고 소제 유모 촉을 잡히고
드러오거ᄂᆞᆯ 시랑이 팔을 드러 마ᄌᆞ 좌를 정ᄒᆞᆫ 후에 인ᄒᆞ야 촉을 물니고 원앙금 니의 나
아갓더니 문득 창외의 슈상ᄒᆞᆫ 인젹이 잇거ᄂᆞᆯ 마음의 놀나 급히 니러 안ᄌᆞ 드르니 엇던 놈
이 말ᄒᆞ되 네 비록 시랑 벼살을 ᄒᆞ엿시나 남의 계집을 품고 누엇시니 죽기를 앗기지 아니
ᄒᆞᆫ다 ᄒᆞ거ᄂᆞᆯ 창 틈으로 여어보니 신장이 구 쳑이오 삼 쳑 장검을 빗기고 셧거날 이를 보ᄆᆡ
심신이 떨니여 칼을 쎄혀 그놈을 죽이고ᄌᆞ ᄒᆞ야 문을 열고 보니 문득 간 ᄃᆡ 업거날 분을 참
지 못 ᄒᆞ야 탄식고 ᄉᆡᆼ각ᄒᆞᄆᆡ 오날 교비셕의셔 보니 슈식이 만안ᄒᆞ기로 괴히이 녀겻더
니 원니 이런 일이 잇도다 ᄒᆞ고 분을 니긔지 못ᄒᆞ야 칼을 들어 소져를 죽여 분을 풀고져 ᄒᆞ

심중에 괴이하나 누구를 향하여 물으리오? 이어 교배하기를 마치고 동방에 나아가니 좌우의 옥촉과 운무병이 황홀한지라. 괴로이 소저를 기다리더니 이슥고 소저가 유모에게 촉을 잡히고 들어오거늘 시랑이 팔을 들어 맞이하고 자리를 정한 후에 인하여 촉을 물리고 원앙금(鴛鴦衾) 속으로 나아갔더니 문득 창밖에 수상한 인적이 있거늘 마음에 놀라 급히 일어나 앉아 들으니 어떤 놈이 말하기를

"네가 비록 시랑 벼슬을 하였으나 남의 계집을 품고 누었으니 죽기를 아끼지 아니하느냐?"

하거늘 창틈으로 열어보니 신장이 구 척이요, 삼 척 장검을 비스듬히 차고 섰거늘, 이를 보매 심신이 떨리어 칼을 빼어 그놈을 죽이고자 하여 문을 열고 보니 문득 간 데 없거늘 분을 참지 못하여 탄식하고 생각하매

'오늘 교배석에서 보니 수색(愁色)이 만안(滿顔)하기로 괴이히 여겼더니 원래 이런 일도 있도다.'

하고 분을 이기지 못하여 칼을 들어 소저를 죽여 분을 풀고자

다가 ᄯᅩ ᄉᆡᆼ각ᄒᆞ되 ᄂᆡ 옥 갓튼 마음을 엇지 져 더러온 계집을 침노ᄒᆞ리오 ᄒᆞ고 옷슬 닙고 급

히 나려ᄂᆞ니 소제 경황 즁 옥셩을 여러 갈오ᄃᆡ 군ᄌᆞ는 잠간 안ᄌᆞ 쳡의 말을 드르소셔 ᄒᆞ거

날 ᄉᆡ랑이 드른 쳬 아니코 나와 부친긔 슈말[40]을 고ᄒᆞ고 밧비 가기를 청ᄒᆞᆫᄃᆡ 초왕이 ᄃᆡ경ᄒᆞ

야 밧비 승상을 청ᄒᆞ야 지금 발힝ᄒᆞ야 상경ᄒᆞᆷ을 니르고 하예를 불너 ᄒᆡᆼ장을 찰히라 ᄒᆞ니

류 승상이 계의 나려 허물을 청ᄒᆞ야 왈 엇진 연고로 이 밤의 상경코져 ᄒᆞ시ᄂᆞ뇨 뎡공 부

ᄌᆞ 일언을 부답ᄒᆞ고 발힝ᄒᆞ니라 원ᄂᆡ 이 간부로 칭ᄒᆞ는 ᄌᆞ는 노녀의 ᄉᆞ촌 오라비 노틱니

노씨 젼일의 독약을 시험ᄒᆞ되 무ᄉᆞᄒᆞᆷ을 익달아 쥬ᄉᆞ야탁[41]ᄒᆞ야 소져 죽이기를 ᄭᅬᄒᆞ더니

문득 길일이 다다르ᄆᆡ 일계를 ᄉᆡᆼ각고 이의 심복으로 노틱를 불너 가마니 ᄎᆞ사를 니르

하다가 또 생각하되

'내 옥 같은 마음을 어찌 저 더러운 계집으로 침노하리오.'

하고 옷을 입고 급히 일어나니 소저가 경황 중에 옥성(玉聲)을 열어 가로되

"군자는 잠깐 앉아 첩의 말을 들어주소서."

하거늘 시랑이 들은 체 않고 나와 부친께 수말(首末)을 고하고 바삐 가기를 청하니 초왕이 대경하여 바삐 승상을 청하여 지금 길을 떠나 상경함을 이르고 하인을 불러 행장을 차리라 하니 유 승상이 계단에 내려와 허물을 청하여 말하기를

"어떤 연고로 이 밤에 상경하고자 하시느뇨?"

정공 부자가 한 마디도 답하지 않고 길을 떠나니라.

원래 이 간부(姦夫)로 칭하는 자는 노녀의 사촌 오라비 노태니, 노씨가 전일에 독약을 시험하였으나 무사함에 애가 타서 밤낮으로 생각하여 소저 죽이기를 꾀하더니 문득 길일이 다다르매 한 계책을 생각해 내고 이에 심복으로 하여금 노태를 불러 가만히 이 일을 이르고

11

고 금은을 만히 쥬어 ᄒᆡᆼᄉᆞᄒᆞ라 ᄒᆞᄆᆡ 노ᄐᆡ 금은을 욕심ᄂᆡ여 삼척 장검을 집고 월광을 ᄯᅴ여

소져 침소의 니르러 동정을 살피고 닙의 담지 못ᄒᆞᆯ 말노 류 소져를 ᄀᆡᆼ참의 너흐니 가련타

류 소제 ᄇᆡᆨ옥 갓ᄒᆞᆫ 몸의 누명을 시르니 원정의 뉘게 말ᄒᆞ리오 불승분원ᄒᆞ야 칼을 ᄲᆡ혀

죽으려 ᄒᆞ다가 다시 ᄉᆡᆼ각하니 이러틋 죽으면 ᄂᆡ 일신이 옥 갓흐믈 뉘 알니오 ᄒᆞ고 이의 속

젹삼을 버셔 손가락을 ᄭᆡ무러 피를 ᄂᆡ여 혈셔를 쓰니 눈물이 변ᄒᆞ야 피 되더라 류 승상이

초왕을 보ᄂᆡ고 급히 안흐로 드러와 실상을 알고ᄌᆞ ᄒᆞ나 노씨는 모로는 쳬 ᄒᆞ고 몬져 문 왈

신랑이 무슴 연고로 심야의 급히 가니잇가 승상이 갈오되 ᄂᆡ 곡절을 모르ᄆᆡ 졔 노긔 츙텬

ᄒᆞ야 일언을 부답ᄒᆞ더니 엇지 ᄒᆞᆫ 곡절을 알니오 ᄌᆞ셰 알고져 ᄒᆞ노라 노씨 승상의 귀의 다

혀 왈 쳡이 잠결의 듯ᄌᆞ오니 신낭이 방문 밧게셔 엇던 남ᄌᆞ와 소리 지르며 여ᄎᆞ여ᄎᆞᄒᆞ니

금은을 많이 주어 행사하라 하매, 노태가 금은을 욕심내어 삼척장검(三尺長劍)을 짚고 월광을 띠어 소저 침소에 이르러 동정을 살피고 입에 담지 못할 말로 유 낭자를 구덩이에 넣으니 가련하구나! 유 소저의 백옥 같은 몸에 누명을 씌우니 그 원한을 누구에게 말하겠는가? 원통함을 이기지 못하여 칼을 빼어 죽으려 하다가 다시 생각하니

'이렇듯 죽으면 내 일신이 옥 같음을 누가 알리오?'

하고 이에 속적삼을 벗어 손가락을 깨물어 피를 내어 혈서를 쓰니 눈물이 변하여 피가 되더라.

유 승상이 초왕을 보내고 급히 안으로 들어와 실상을 알고자 하니 노씨는 모르는 체 하고 먼저 묻기를

"신랑이 무슨 연고로 심야에 급히 가십니까?"

승상이 가로되

"내가 곡절을 모르매 제 노기(怒氣) 충천하여 일언(一言)을 부답하더니 어찌 곡절을 알리오? 자세히 알고자 하노라."

노씨가 승상의 귀에 대고 말하기를

"첩이 잠결에 듣사오니 신랑이 방문 밖에서 어떤 남자와 소리 지르며 여차여차하니

아모커나 츈련다려 무르소셔 승상이 즉시 소져 침소의 가니 소졔 니불을 덥고 니지 아니

ᄒᆞ니 시비로 이불을 벗기고 ᄭᅮ지져 왈 네 아비 드러오되 긔동ᄒᆞ미 업스니 이 무숨 도리

며 뎡낭이 무숨 일노 밤즁의 졸연이 도라가니 이 무숨 일인지 너는 자셔이 알지니 실진무

은[42] ᄒᆞ라 소졔 겨우 고 왈 야야[43] 불초ᄒᆞᆫ ᄌᆞ식을 두엇다가 집을 망케 ᄒᆞ오니 소녀의 불효 만ᄉᆞ

무셕이로소이다 ᄒᆞ고 함누무언ᄒᆞ니 승상이 다시 닐오ᄃᆡ 너는 엇지 일언을 아니 ᄒᆞᄂᆞ뇨

ᄌᆡ숨 무르되 종시 일언을 답지 아니ᄒᆞ고 눈물이 여우ᄒᆞ니 승상이 ᄉᆡᆼ각ᄒᆞ되 젼일의 지극

ᄒᆞᆫ 셩효로 오날놀 불효를 ᄭᅵ치니 무숨 곡졀이 잇도다 ᄒᆞ고 이러 외당으로 나오니라 ᄎᆞ

시 유뫼 소져를 붓들고 통곡ᄒᆞ니 소졔 눈물을 먹음고 왈 유모는 나의 원통이 죽으믈 불상

아무렇게나 추연에게 물어 보소서."

승상이 즉시 소저의 침소에 가니 소저가 이불을 덮고 일어나지 않으니 시비로 하여금 이불을 벗기게 하고 꾸짖어 말하기를

"너는 아비가 들어오는데도 일어나지 않으니 이 무슨 도리며, 정랑이 무슨 일로 밤중에 갑자기 돌아가니 이 무슨 일인지 너는 자세히 알 테니 하나도 숨기지 말고 밝히라."

소저가 겨우 말하기를

"아버지께서 불초한 자식을 두었다가 집을 망하게 하오니 소녀의 불효 만사무석(萬死無惜)이로소이다."

하고 눈물을 흘리며 말을 하지 않으니 승상이 다시 이르기를

"너는 어찌 한 마디도 아니하느뇨?"

재삼 물어도 끝내 한 마디 답을 하지 않고 눈물을 비같이 흘리니 승상이 생각하되

'전일의 지극한 효성으로 오늘날 불효를 끼치니 무슨 곡절이 있도다.'

하고 일어나 외당으로 나오니라.

이때 유모가 소저를 붙들고 통곡하니 소저가 눈물을 머금고 말하기를

"유모는 나의 원통한 죽음을 불쌍히

12

이 녀겨 후일의 변빅ᄒᆞ믈 바라노라 ᄒᆞ고 혈셔 쓴 젹삼을 쥬니 유뫼 소졔 죽을가 겁ᄒᆞ야 만
언을 위로ᄒᆞ니 소졔 다시 일언을 아니코 반일을 익곡ᄒᆞ다가 명이 끗쳐지니 유뫼 젹삼을
안고 통곡ᄒᆞ며 외당의 나와 소져의 명이 진ᄒᆞ믈 고ᄒᆞ니 승상이 디경ᄒᆞ야 닐오되 병 드지
아닌 ᄉᆞ롬이 반일이 못ᄒᆞ야 셰상을 바리니 이상ᄒᆞ도다 ᄒᆞ고 일장을 통곡ᄒᆞ고 유모로 인
도ᄒᆞ라 하고 소져의 빈소에 니르니 비풍이 소슬ᄒᆞ야 능히 드러갈 슈 업더라 ᄎᆞ후는 ᄉᆞ
롬이 소져 빈소 근쳐에 니른즉 연ᄒᆞ야 죽으니 승상이 능히 염습지 못ᄒᆞ고 종일 호곡ᄒᆞ다
가 유모의 드린 바 혈셔를 쓴 젹삼을 녀여 보니 디기 유모의게 ᄒᆞᆫ 글이라 그 글에 ᄒᆞ엿시되
츈련은 삼가 글을 유모의게 붓치노라 너 셰상의 난지 솜 일만의 모친을 리별ᄒᆞ니 엇지 살
기를 바라리오마는 유모의 은혜를 닙어 잔명을 보존ᄒᆞ야 십오셰의 니르러 정가의 정혼

여겨 후일에 변백(辨白)함을 바라노라."

하고 혈서 쓴 적삼을 주니 유모는 소저가 죽을까 겁을 내어 많이 위로하니 소저가 다시 한 마디 말을 않고 반일(半日)을 애곡하다가 목숨이 끊어지니 유모가 적삼을 안고 통곡하며 외당에 나와 소저의 생명이 다함을 고하니 승상이 크게 놀라 이르되

"병들지 않은 사람이 반일이 못하여 세상을 버리니 이상하도다."

하고 일장통곡하고 유모에게 인도하라 하고 소저의 빈소에 이르니 비풍(悲風)이 소슬하여 능히 들어갈 수 없더라.

다음부터는 사람이 소저의 빈소 근처에 이른즉 연하여 죽으니 승상이 염습(殮襲)하지 못하고 종일 호곡(號哭)하다가 유모가 전해 준 혈서로 쓴 적삼을 내어 보니 대부분 유모에게 한 글이라. 그 글에 쓰여 있기를

추연은 삼가 글을 유모에게 부치노라. 내가 세상에 난지 삼 일만에 모친을 이별하니 어찌 살기를 바라리오만은 유모의 은혜로 잔명을 보존하여 십오 세에 이르러 정씨 가문에 정혼

ᄒᆞ미 나의 팔지 가지록 무상ᄒᆞ야 귀신의 작희를 맛나 청츈의 원혼이 되니 한ᄒᆞ야 부절업
도다 쳔만 의외의 동방 화촉 깁흔 밤의 엇던 ᄉᆞ롬이 큰 칼을 들고 여ᄎᆞ여ᄎᆞᄒᆞ미 졍랑이
엇지 의심치 아니리요 나를 죽이려 ᄒᆞ다가 멈츄고 나아가니 닉 무슴 면목으로 부친과 유
모를 보며 셰샹의 잇슬 마음이 잇스리오 슬프다 외로온 혼빅이 무쥬 공산의 님ᄌᆞ 업슨 귀
신이 되리로다 죽은 닉 몸을 졈졈이 풀 우희 언져 오작의 밥이 되면 이거시 닉 원이오 금의
로 안장ᄒᆞ면 혼빅이라도 한을 풀지 못ᄒᆞ리로다 유모의 은혜를 만분지일이라도 갑지 못
ᄒᆞ고 누명을 쓰고 죽으니 원한이 철천ᄒᆞ다 지하의 도라가 모친 혼령을 뵈오면 나의 이
미ᄒᆞᆫ 악명을 고훌가 ᄒᆞ노라 ᄒᆞ엿더라 승상이 남파의 방셩디곡 왈 이 계교 닉기는 분명 가

하매 내 팔자 갈수록 무상하여 귀신의 작희(作戱)를 만나 청춘에 원혼이 되니 한하여 부질없도다. 천만 의외로 동방화촉 깊은 밤에 어떤 사람이 큰 칼을 들고 여차여차하매 정랑이 어찌 의심치 아니리요. 나를 죽이려 하다가 멈추고 나아가니 내 무슨 면목으로 부친과 유모를 보며 세상에 있을 마음이 있으리오. 슬프다, 외로운 혼백이 무주공산(無主空山)에 임자 없는 귀신이 되리로다. 죽은 내 몸을 점점이 풀 위에 얹어 오작(烏鵲)의 밥이 되게 하면 이것이 내 소원이오. 금의(錦衣)로 안장(安葬)하면 혼백이라도 한을 풀지 못하리로다. 유모의 은혜를 만분지일(萬分之一)이라도 갚지 못하고 누명을 쓰고 죽으니 원한이 철천(徹天)하다. 지하에 돌아가 모친 혼령을 뵈면 나의 애매한 악명을 고할까 하노라.

하였더라. 승상이 보고 난 뒤에 방성대곡(放聲大哭)하며 말하기를

"이 계교를 낸 것은 분명히

13

너지ᄉᆞ로다 너 엇지ᄒᆞ면 명ᄇᆡᆨ히 알니오 ᄒᆞ며 일변 노씨의 시비를 엄형 츄문ᄒᆞ니 시비 등
이 황황망극[44]ᄒᆞ야 아모리 ᄒᆞᆯ 쥴 모로더라 승샹이 이졔 시비의 복초[45] 아니ᄒᆞ물 노ᄒᆞ야 엄형
츄문ᄒᆞ더니 홀연 공즁으로셔 웨여 왈 부친은 ᄋᆡ미ᄒᆞᆫ 시비를 엄형치 마르소셔 소녀의 ᄋᆡ
미한 누명을 자연 알니이다 ᄒᆞ더니 홀연 방 안의 안졋던 노씨 문 밧게 나와 업더지며 안기
ᄌᆞ옥ᄒᆞ고 무숨 소ᄅᆡ 나더니 노씨 피를 무슈히 토ᄒᆞ고 죽는지라 모다 닐오ᄃᆡ 불측ᄒᆞᆫ 힝실
을 ᄒᆞ다가 이러틋 쥭으니 신명이 무심치 아니타 ᄒᆞ고 불샹ᄒᆞᆫ 소져는 이팔 청춘의 몹쓸
악명을 쓰고 죽으니 쳘텬ᄒᆞᆫ 원혼을 뉘라셔 셜치ᄒᆞ리오 노ᄃᆡ는 그 경샹을 보고 스ᄉᆞ로 결
항ᄒᆞ고 노씨 ᄌᆞ녀는 그 날부터 말도 못ᄒᆞ고 인ᄉᆞ를 바렷더라 일변 소져를 염빈ᄒᆞ려 ᄒᆞ야
방문을 연즉 ᄉᆞ오나온 긔운이 니러나 ᄉᆞ람의게 쏘이며 연ᄒᆞ야 죽는지라 감히 다시 갓가

가내지사(家內之事)로다. 내가 어찌하면 명백히 알리오?"

하며 일변 노씨의 시비를 엄한 형벌로 추궁하여 심문하니 시비 등이 황황망극(遑遑罔極)하여 어찌할 줄 모르더라. 승상이 이제 종들이 복초(服招)하지 아니하는 데 노하여 엄하게 형벌로 추궁하였는데, 홀연히 공중으로부터 외치는 소리가 있어 말하기를

"부친께서는 애매한 종들에게 엄한 형벌을 내리지 마소서. 소녀의 애매한 누명을 자연히 알리이다."

하더니 홀연 방 안에 앉았던 노씨가 문 밖에 나와 엎어지며, 안개가 자옥하고 무슨 소리가 나더니 노씨가 피를 무수히 토하고 죽는지라. 모두 이르되

'불측한 행실을 하다가 이렇듯 죽으니 천지신명이 무심치 아니하다.'

하고

"불쌍한 소저는 이팔청춘에 몹쓸 누명을 쓰고 죽으니 철천(徹天)한 원한을 누가 설치(雪恥)하리오?"

노태는 그 상황을 보고 스스로 결항(結項)하고 노씨 자녀는 그 날부터 말도 못하고 사람으로서의 삶을 버렸더라. 일변 소저를 염습하여 관에 넣기 위해 방문을 연즉 사나운 기운이 일어나 사람을 쏘이니 연하여 죽는지라. 감히 다시 가까이

이 가도 못ᄒᆞ더니 홀연 소져의 곡셩이 쳘텬ᄒᆞ며 근쳐 ᄉᆞ롬들이
그 곡셩을 드른즉 연ᄒᆞ야
죽는지라 일촌 인민이 거에 죽게 되엿시니 승상이 엇지 홀노
살니오 인ᄒᆞ야 병 드러 기
셰ᄒᆞ니 유모 부쳐 통곡ᄒᆞ며 션산의 안장ᄒᆞ니라 이후로 마을
ᄉᆞ롬이 졈졈 피ᄒᆞ야 흣터지
니 일촌이 븨엿시되 오즉 유모 부쳐는 ᄂᆞ가려 ᄒᆞ면 소져의 혼
이 나가지 못ᄒᆞ게 ᄒᆞ고 밤마
다 울며 유모의 집의 와 잇다가 달이 기울면 침소로 도라가더
라 ᄎᆞ하를 급히 보시오 ᄎᆞ시
초왕이 을션을 다리고 여러 날 만의 황셩의 득달ᄒᆞ야 룡전의
조회ᄒᆞᆫᄃᆡ 샹이 갈ᄋᆞᄉᆞᄃᆡ
엇지ᄒᆞ야 니리 속히 오뇨 시랑이 젼후 ᄉᆞ연을 쥬달ᄒᆞ니 샹이
ᄃᆡ경ᄒᆞ사 류 승상 부녀를 잡
아오라 ᄒᆞ시니 금오랑[46]이 쥬야비도[47]ᄒᆞ야 ᄂᆞ려가니 류 승상
부녀 다 죽고 일문 공허ᄒᆞ엿

가지도 못하더니 홀연 소저의 곡성이 철천하며 근처 사람들이 그 곡성을 들은즉 연하여 죽는지라. 일촌(一村) 사람들이 거의 죽게 되었으니 승상이 어찌 홀로 살리오. 이로 인하여 병들어 세상을 버리니 유모 부처(夫妻)가 통곡하며 선산에 안장을 하니라. 이후로 마을 사람이 점점 패하여 흩어지니 일촌이 비었으되 오직 유모 부처는 나가려 하면 소저의 혼이 나가지 못하게 하고 밤마다 울며 유모의 집에 와 있다가 달이 기울면 침소로 돌아가더라.

차하(且下)를 급히 보시오.

이때 초왕이 을선을 데리고 여러 날 만에 황성에 도착하여 용전(龍殿)에 조회하니 상이 가라사대

"어찌하여 이리 속히 오느뇨?"

시랑이 전후의 사연을 아뢰니 상이 대경하사 유 승상 부녀를 잡아오라 하시니 금오랑(金吾郎)이 주야배도(晝夜倍道)하여 내려가니 유 승상 부녀가 다 죽고 일문(一門)이 공허(空虛)하였는지라.

14

는지라 이ᄃᆡ로 계달ᄒᆞ니 상이 그 죽으믈 연측ᄒᆞ시고 이의 하교

ᄒᆞ사 됴왕의 ᄯᆞᆯ과 의혼ᄒᆞ

라 ᄒᆞ시니 초왕이 깃거 즉시 ᄐᆡᆨ일 셩네ᄒᆞ고 텬졍의 드러가 ᄉᆞ

은ᄒᆞ니 텬ᄌᆡ 깃그사 됴왕의

ᄯᆞᆯ노 졍렬 부인을 봉ᄒᆞ시고 을션으로 좌승상을 ᄒᆞ이시니 을션

이 텬은을 슉ᄉᆞ[48]ᄒᆞ고 집의

도라와 부모긔 뵈온ᄃᆡ 왕이 승상을 ᄋᆡ즁ᄒᆞ미 극ᄒᆞ더라 초왕이

홀연 득병ᄒᆞ야 ᄇᆡᆨ약이

무효ᄒᆞ니 필경이 ᄉᆞ지 못ᄒᆞᆯ 쥴 알고 승상의 손을 잡고 왈 나

죽은 후라도 슬허 말고 츙셩을

다ᄒᆞ야 나라흘 셤기라 ᄒᆞ고 부인을 도라보아 왈 ᄂᆡ 도라간 후

가ᄉᆞ를 총찰ᄒᆞ야 나 잇실

ᄣᆡ와 갓치 ᄒᆞ라 ᄒᆞ고 의복을 ᄀᆡ착ᄒᆞ야 상의 누어 졸ᄒᆞ니 시년

이 뉵십구 셰라 일가 망극ᄒᆞ

야 왕비와 승상이 자로 긔절ᄒᆞ고 상ᄒᆞ 노복이 일시의 통곡ᄒᆞ니

곡셩이 진동ᄒᆞ더라 승상

이 비로소 인ᄉᆞ를 슈습ᄒᆞ여 왕비를 위로ᄒᆞ고 노복을 거ᄂᆞ려

ᄐᆡᆨ일ᄒᆞ여 션산의 안장ᄒᆞ고

이대로 상께 글을 올려 아뢰니 상이 그 죽음을 불쌍히 여기시고 이에 하교하사 조왕의 딸과 혼사를 의논하라 하시니 초왕이 기뻐 즉시 택일 성례(成禮)하고 천정(天庭)에 들어가 사은하니, 천자가 기뻐하시어 조왕의 딸을 정렬 부인에 봉하시고 을선은 좌승상을 시키시니 을선이 천은(天恩)을 숙사(肅謝)하고 집에 돌아와 부모께 뵈온대 왕이 승상을 애중함이 극하더라.

초왕이 홀연 득병하여 백약이 무효하니 결국 살지 못할 줄 알고 승상의 손을 잡고 말하기를

"나 죽은 후에도 슬퍼 말고 충성을 다하여 나라를 섬기라."

하고 부인을 돌아보아 말하기를

"내 돌아간 후 가사(家事)를 총찰(總察)하여 나 있을 때와 같이 하라."

하고 의복을 개착(改着)하여 상(牀)에 누워 졸(卒)하니, 이 때 나이 육십 구 세라. 일가(一家) 망극하여 왕비와 승상이 자주 기절하고 상하 노복이 일시에 통곡하니 곡성이 진동하더라.

승상이 인사를 수습하여 왕비를 위로하고 노복을 거느려 택일하여 선산에 안장하고

셰월을 보ᄂᆡ더니 텬ᄌᆡ 쵸왕의 쥭으믈 슬허ᄒᆞ사 졔문 지여 치졔
ᄒᆞ시고 승상을 위로ᄒᆞ실
ᄉᆡ 셰월이 여류ᄒᆞ여 ᄉᆞᆷ 년을 맛치ᄆᆡ 승상이 궐하의 나아가 복
디ᄒᆞ온ᄃᆡ 상이 승상의 손을
잡으시고 삼 년이 덧업시 지ᄂᆡ물 ᄉᆡ로이 슬허ᄒᆞ시며 승상의
관작을 복직ᄒᆞ시며 황금을
만히 ᄉᆞ급ᄒᆞ시니 승상이 곳 불슈ᄒᆞ온ᄃᆡ 상이 불윤ᄒᆞ시고 파조
ᄒᆞ시니 승상이 텬은을 슉
ᄉᆞᄒᆞ고 부즁의 도라와 왕비ᄭᅴ 뵈온ᄃᆡ 왕비 ᄯᅩᄒᆞᆫ ᄋᆡ즁ᄒᆞ믈 마지
아니시더라 홀연 ᄋᆡᆨ쥐ᄌᆞ
ᄉᆡ 쟝계 ᄒᆞ엿시되 ᄋᆡᆨ쥐 일도의 흉년이 ᄌᆞ심ᄒᆞ고 ᄯᅩ 괴이ᄒᆞᆫ 변
이 잇셔 류 승상의 녀ᄋᆡ 청츈
의 요ᄉᆞᄒᆞᄆᆡ 그 원혼이 흣터지지 아니ᄒᆞ여 그 곡셩을 ᄉᆞᄅᆞᆷ이
드르면 곳 쥭으며 겸ᄒᆞ여 ᄇᆡᆨ
셩이 화ᄒᆞ여 도젹이 되오니 원 폐하는 어진 신하를 보ᄂᆡ여 안
무ᄒᆞ시믈 바라나이다 ᄒᆞ엿

세월을 보내더니 천자께서 초왕의 죽음을 슬퍼하시어 제문 지어 치제(致祭)하시고 승상을 위로하실새, 세월이 여류하여 삼 년을 마치매, 승상이 궐하에 나아가 복지(伏地)하온대, 상이 승상의 손을 잡으시고, 삼 년이 덧없이 지나감을 새로이 슬퍼하시며 승상의 관작(官爵)을 복직(復職)하시며 황금을 많이 사급(賜給)하시니 승상이 곧 불수(不受)하온대 상이 불윤(不允)하시고 파조(罷朝)하시니 승상이 천은을 숙사(肅謝)하고 부중에 돌아와 왕비께 뵈온대 왕비 또한 애중함을 마지않으시더라.

홀연 익주자사가 장계를 올리기를

> 익주 일도(一道)에 흉년이 자심(滋甚)하고 또 괴이한 변이 있어 유 승상의 여아가 청춘에 요사(夭死)하매 그 원혼이 흩어지지 아니하여 그 곡성을 사람이 들으면 곧 죽으며 겸하여 백성이 화하여 도적이 되오니 원(願)하옵건대 폐하는 어진 신하를 보내어 안무(按撫)하심을 바라나이다.

하였더라.

15

더라 상이 장계를 보시고 근심ᄒᆞ샤 만죠 ᄇᆡᆨ관을 모흐시고 익쥬 진무ᄒᆞᆯ 의론ᄒᆞ시니 좌승상 정을션이 츌반[49] 쥬 왈 신이 무지ᄒᆞ오나 익쥬를 진무ᄒᆞ리이다 상이 ᄃᆡ희ᄒᆞ사 왈 을션을 슌무 도어ᄉᆞ를 졔슈ᄒᆞ시고 인검과 졀월을 쥬ᄉᆞ 왈 익쥬를 슈히 진무ᄒᆞ고 도라와 짐의 바라믈 닛지 말나 ᄒᆞ시니 어사 하직고 부즁의 도라와 왕비와 졍렬 부인긔 하직을 고ᄒᆞ고 역졸을 거ᄂᆞ려 여러 ᄂᆞᆯ 만의 익쥬의 득달ᄒᆞ여 녯 일을 ᄉᆡᆼ각ᄒᆞ고 류 승상 부즁의 니르니 인젹이 끗치고 그리 장녀ᄒᆞ던 누각이 빈터만 남앗고 다만 일간쵸옥이 슈풀 속의 잇실 뿐이오 다른 인ᄀᆡ 업스니 무를 곳지 업는지라 두로 방황ᄒᆞ더니 슈풀 속의 ᄉᆞ롬 자취 잇거ᄂᆞᆯ 비회ᄒᆞ여 ᄉᆞ롬을 기다리더니 인젹이 다시 업셔지고 일식이 셔산의 지는지라 갈 바를 몰나 쥬져ᄒᆞ더니 먼니 바라보니 산곡간의 연긔 나거ᄂᆞᆯ 인ᄒᆞ여 ᄎᆞᄌᆞ가니 다만 일간쵸옥이라

상이 장계를 보시고 근심하사 만조백관을 모으시고 익주를 진무(賑撫)함을 의논하시니 좌승상 정을선이 출반하여 아뢰기를

"신이 재주가 없사오나 익주를 진무하리이다."

상이 대희하사 을선을 순무 도어사로 제수하시고 인검(引劍)과 절월(節鉞)을 주시며 말씀하시기를

"익주를 쉬이 진무하고 돌아와 짐의 바람을 잊지 말라."

하시니 어사가 하직하고 부중(府中)에 돌아와 왕비와 정렬부인께 하직을 고하고 역졸을 거느려 여러 날 만에 익주에 득달(得達)하여 옛 일을 생각하고 유 승상 부중에 이르니 인적이 그치고 그리 장려(壯麗)하던 누각이 빈터만 남았고 다만 일간 초옥이 수풀 속에 있을 뿐이오. 다른 인가(人家)가 없으니 물을 곳이 없는지라. 두루 방황하더니 수풀 속에 사람 자취가 있거늘 배회하며 사람을 기다리더니, 인적이 다시 없어지고, 일색(日色)이 서산에 지는지라. 갈 바를 몰라 주저하더니 멀리 바라보니 산곡 간에 연기가 나거늘 인하여 찾아가니 다만 일간 초옥이라.

쥬인을 ᄎᆞ즈니 ᄒᆞᆫ 로괴 나와 문 왈 귀ᄀᆡᆨ이 어ᄃᆡ 계시관ᄃᆡ 누를

ᄎᆞᄌᆞ 이 심산의셔 방황ᄒᆞ시

나잇가 어ᄉᆡ 답 왈 류 승상 집을 ᄎᆞᄌᆞ가더니 길을 그릇 드러

이에 왓시니 하로밤 ᄌᆞ고 가기

를 청ᄒᆞ노라 한미 답 왈 류ᄒᆞ시기는 어렵지 아니ᄒᆞ되 량식이

업스니 엇지 ᄒᆞ리잇고 ᄒᆞ고

쥭을 드리거늘 어ᄉᆡ 하져ᄒᆞ고 노고와 갓치 안ᄌᆞ 이윽히 담화ᄒᆞ

더니 문득 철천ᄒᆞᆫ 곡셩이

나며 졈졈 갓가이 오니 그 한미 니러나며 울거늘 어ᄉᆡ 괴히

녀겨 보니 홀연 공즁으로셔 ᄒᆞᆫ

녀ᄌᆡ 울며 나려와 한미를 ᄎᆡᆨᄒᆞ여 왈 어미를 보려 왓더니 엇지

잡인을 드리뇨 외인이 잇시

니 드러가지 못ᄒᆞ노라 ᄒᆞ고 ᄋᆡ연이 울며 도라가니 그 노고의

부쳐 ᄯᅩ 울며 드러오거늘 어

ᄉᆡ 괴히 녀겨 문 왈 엇던 ᄉᆞ롬이완ᄃᆡ 깁흔 밤의 울고 단이ᄂᆞ뇨

쥬인 노괴 울기를 ᄭᅳᆺ치고 답

주인을 찾으니 한 노고(老姑)가 나와 묻기를

"귀객(貴客)이 어디 계시는 분이관대 누구를 찾아 이 심산(深山)에서 방황하시나이까?"

어사가 답하기를

"유 승상 집을 찾아가더니 길을 그릇 들어 이에 왔으니 하룻밤 자고 가기를 청하노라."

할미가 답하기를

"유(留)하시기는 어렵지 아니하되 양식이 없으니 어찌하겠습니까?"

하고 죽을 드리거늘 어사가 하저(下箸)하고 노고와 같이 앉아 이윽히 담화하더니 문득 철천한 곡성이 나며 점점 가까이 오니 그 할미가 일어나며 울거늘, 어사가 괴상하여 보니 홀연 공중으로부터 한 여자가 울며 내려와 할미를 책하여 말하기를

"어미를 보러 왔더니 어찌 잡인(雜人)을 들이느뇨? 외인(外人)이 있으니 들어가지 못하노라."

하고 애연(哀然)히 울며 돌아가니 그 노고의 부처가 또 울며 들어오거늘 어사가 괴히 여겨 묻기를

"어떤 사람이건대 깊은 밤에 울고 다니느뇨?"

주인 노고가 울기를 그치고 답하기를

16

왈 노고의 ᄯᆞᆯ이로소이다 어ᄉᆡ 왈 쥬인의 ᄯᆞᆯ이면 무삼 일노 울고 단이ᄂᆞ뇨 노괴 답 왈 상공

이 이러틋 무르시니 ᄃᆡ강 고ᄒᆞ리이다 우리 상젼은 류 승상이시니 승상 노야 황셩에셔 벼

슐ᄒᆞ시더니 텬ᄌᆞ긔 득죄ᄒᆞ고 이 곳의 오신 후 졍실부인 최씨 다만 일녀를 나흐시고 삼 일

만의 기셰ᄒᆞ시니 노얘 후실 노씨를 어드시ᄆᆡ 노씨 불인ᄒᆞ여 소져를 쥭이려 ᄒᆞ여 쥭의 약

을 너어 쥬니 텬지신명이 도으ᄉᆞ 홀연 바람이 니러나 쥭의 ᄐᆡ끌이 들ᄆᆡ 인ᄒᆞ여 먹지 아니

ᄒᆞ고 ᄀᆡ를 쥬니 그 ᄀᆡ 먹고 즉시 쥭거ᄂᆞᆯ 그 후는 놀나 밥을 졔 집에셔 슈건의 싸다가 연명ᄒᆞ

엿시며 길네ᄂᆞᆯ 밤의 노씨 졔 ᄉᆞ촌 노ᄐᆡ를 금을 쥬고 달녀여 칼를 가지고 와 작난ᄒᆞ니 졍 시

랑이 그 거동을 보고 의심ᄒᆞ여 밤에 도라갓시며 그 후 소졔 분원ᄒᆞ여 ᄌᆞ쳐ᄒᆞᄆᆡ 염습고ᄌᆞ

ᄒᆞ나 ᄉᆞ오나온 긔운이 ᄉᆞ름을 침노ᄒᆞ니 인ᄒᆞ여 빈소의 갓가이 가지 못ᄒᆞ엿더니 그 후의

"노고의 딸이로소이다."

어사 말하기를

"주인의 딸이면 무슨 일로 울고 다니느뇨?"

노고가 답하기를

"상공이 이렇듯 물으시니 대강 고하리다. 우리 상전은 유 승상이시니 상승 노야께서 황성에서 벼슬하시더니 천자께 득죄하고 이곳에 오신 후 정실부인 최씨가 다만 일녀를 낳으시고 삼 일만에 기세하시니, 노야께서 후실 노씨를 얻으시매 노씨가 불인(不仁)하여 소저를 죽이려 하여 죽에 약을 넣어 주니 천지신명이 도우시사 홀연 바람이 일어나 죽에 티끌이 들매 인하여 먹지 아니하고 개를 주니 그 개가 먹고 즉시 죽거늘, 그 후에는 놀라 밥을 제 집에서 수건에 싸다가 연명하였으며 길례(吉禮) 날 밤에 노씨가 제 사촌 노태에게 금을 주고 달래어 칼을 가지고 와 작란(作亂)하니 정 시랑이 그 거동을 보고 의심하여 밤에 돌아갔으며 그 후 소저가 분원(忿怨)하여 자처하매 염습을 하고자 하나 사나운 기운이 사람을 침노하니 빈소에 가까이 가지 못하였더니 그 후에

소져의 원혼이 공즁의셔 울ᄆᆡ 동니 ᄉᆞ롬드리 그 곡셩을 드른
ᄌᆡ면 병드러 쥭으니 견ᄃᆡ지
못ᄒᆞ여 집을 ᄯᅥ나 타쳐로 거졉ᄒᆞ되 우리 양인은 관계치 아니키
로 이 곳의 잇ᄉᆞ온즉 쇼졔
밤마다 울고 오나이다 ᄒᆞ고 인ᄒᆞ여 혈셔 쓴 젹삼을 ᄂᆡ여 노흐
니 어ᄉᆡ 바다보ᄆᆡ 놀나고 몸
이 ᄯᅥᆯ녀 방셩ᄃᆡ곡ᄒᆞ다가 이윽고 진정ᄒᆞ여 쥬인다려 왈 ᄂᆡ 과연
졍 시랑이니 ᄉᆞ셰 여ᄎᆞᆫ
즉 엇지ᄒᆞ리오 ᄂᆡ 불명ᄒᆞ여[50] 녀자의 원을 ᄭᅵ치니 후일의 반다
시 앙화를 바드리로다 유모
부쳬 이 말를 듯고 반가오믈 니긔지 못ᄒᆞ여 붓들고 방셩ᄃᆡ곡
왈 시랑 노애 엇지 이곳의 오
시니잇고 어ᄉᆡ ᄯᅩᄒᆞᆫ 낙누 왈 ᄂᆡ 과연 모년 원일의 나의 부친을
뫼시고 류 승상 집의 ᄂᆞ려왓
실 졔 후원의셔 화쵸를 구경ᄒᆞ다가 츄천ᄒᆞ는 쇼져를 보고 올나
와 병이 되여 ᄉᆞ경의 니르

소저의 원혼이 공중에서 울매 동리 사람들 중에 그 곡성을 들은 자는 병들어 죽으니 견디지 못하여 타처(他處)로 거접(居接)하되 우리 두 사람은 관계치 아니하기로 이곳에 있사온즉 소저가 밤마다 울고 오나이다."

하고 인하여 혈서 쓴 적삼을 내어 놓으니 어사가 받아보매 놀라고 몸이 떨려 방성대곡하다가 이윽고 진정하여 주인에게 말하기를

"내가 과연 정 시랑이니 사세 여차한즉 어찌하리오? 내 불명하여 여자에게 원을 끼치니 후일에 반드시 앙화를 받으리로다."

유모 부처가 이 말을 듣고 반가움을 이기지 못하여 붙들고 방성대곡하며 말하기를

"시랑 노야께서 어찌 이곳에 오시었습니까?"

어사 또한 눈물을 흘리며 말하기를 과연 모년 월일에 자신의 부친을 모시고 유 승상 집에 내려왔을 때 후원에서 화초를 구경하다가 그네 타는 소저를 보고 올라와 병이 되어 사경에

17

렷시니 부친니 근뇌[51]ᄒᆞ샤 류 승상게 통혼ᄒᆞ엿더니 승상이 허혼ᄒᆞ기로 ᄉᆞ라난 말이며 텬

지 ᄉᆞ혼ᄒᆞ시더 듯지 아니ᄒᆞ고 셩녜ᄒᆞ라 나려와 신혼 초일의 흉한 ᄒᆞᆫ 놈이 칼을 들고 여ᄎᆞ

여ᄎᆞᄒᆞ미 그 밤으로 올나가던 말을 다ᄒᆞ고 됴왕의 ᄉᆞ회된 말과 녯 일을 ᄉᆡᆼ각ᄒᆞ고 차자온

말을 셰셰이 닐너 통곡ᄒᆞ니 쥬긱이 슬허ᄒᆞ믈 마지 아니터라 어싀 왈 ᄉᆞ셰 여ᄎᆞᄒᆞ니 엇지

ᄒᆞ면 소져를 다시 보리요 유뫼 왈 우리 소졔 별셰ᄒᆞ신 지 오리되 니가 가면 ᄇᆡᆨ골이 된 소져

녁녁히 반기시나 타인은 그 집 근쳐의도 못가되 시랑 노얘 가시면 소져의 졍혼이 ᄯᅩᄒᆞᆫ 반

기실 듯 ᄒᆞ니 닉일 식젼의 가ᄉᆞ이다 ᄒᆞ고 그 날 밤을 겨우 지닉고 익일의 유모를 ᄯᅡ라 ᄒᆞᆫ가

지로 소져의 빈소에 니르러는 유뫼 먼져 드러가 닐오더 소져야 졍 시랑 상공이 오셧나이

다 소졔 더 왈 어미는 엇지 져런 말를 ᄒᆞᄂᆞ뇨 시랑이 날을 바렷거든 ᄃᆞ시 오기 만무ᄒᆞ니라

이르렀으니 부친이 괴로워하시다가 유 승상께 통혼하였더니 승상이 혼인을 허락하기로 살아난 말이며, 천자가 혼인을 주선하셨으나 듣지 아니하고 성례하러 내려와 신혼 초일에 흉한 한 놈이 칼을 들고 여차여차하매 그날 밤에 올라가던 말을 다하고 조왕의 사위가 된 말과 옛 일을 생각하고 찾아온 말을 세세히 일러 통곡하니 주인과 손님이 슬퍼함을 마지아니하더라.

어사가 말하기를

"사세(事勢) 여차(如此)하니 어찌하면 소저를 다시 보리요?"

하니 유모가 말하기를

"우리 소저가 별세하신 지 오래되어 내가 가면 백골이 된 소저가 역력히 반기시나 타인은 그 집 근처에도 못 가되 시랑 노야께서 가시면 소저의 정혼(精魂)이 또한 반기실 듯하니 내일 식전에 가사이다."

하고 그 날 밤을 겨우 지내고 익일(翌日)에 유모를 따라 한 가지로 소저의 빈소에 이르러는 유모가 먼저 들어가 이르되

"소저, 정 시랑 상공이 오셨나이다."

소저가 대답하기를

"어미는 어찌 그런 말을 하느냐? 시랑이 나를 버렸거든 다시 오기 만무하니라."

유뫼 다시 닐오ᄃᆡ ᄂᆡ 엇지 소져의게 허언을 ᄒᆞ리잇고 지금 밧
게 오신 상공이 곳 졍 시랑이
시니 드러오시라 ᄒᆞ리잇가 소져 닐오ᄃᆡ 졍 시랑이신지 분명이
올흐냐 유뫼 왈 엇지 거즛
말을 ᄒᆞ리잇고 ᄒᆞ고 나와 이르러 고한ᄃᆡ 어ᄉᆡ 친히 문 밧게셔
소ᄅᆡᄒᆞ여 왈 ᄉᆡᆼ이 곳 졍을션
이니 나의 불명혼암ᄒᆞ므로 부인이 누명을 실고 져럿틋 원혼이
되엿시니 그 ᄋᆡ달은 말ᄉᆞᆷ
을 엇지 다 칭량ᄒᆞ오리잇고 을션이 황명을 밧ᄌᆞ와 이곳의 와셔
부인의 ᄋᆡ미ᄒᆞ믈 ᄭᆡ닷ᄉᆞ
오니 ᄇᆡᆨ골이나 보고 이곳의셔 한가지로 죽어 부인의 각골지원
을 위로코ᄌᆞ ᄒᆞᄂᆞ니 부인
의 명ᄇᆡᆨᄒᆞᆫ 혼령은 용렬ᄒᆞᆫ 한을 을선의 죄를 ᄉᆞᄒᆞ시면 잠간 뵈
옵고 위로ᄒᆞ믈 바라나이다
언필의 방셩ᄃᆡ곡ᄒᆞ니 소졔 유모를 불너 젼어 왈 졍 시랑이 이
곳의 오시기 만무ᄒᆞ니 어ᄃᆡ

유모가 다시 이르기를

"제가 어찌 소저에게 허언(虛言)을 하겠습니까? 지금 밖에 오신 상공이 곧 정 시랑이시니 들어오시라 하겠습니까?"

소저가 이르되

"정 시랑임이 분명히 옳으냐?"

유모가 말하기를

"어찌 거짓말을 하겠습니까?"

하고 나와 이르러 고하니 어사가 친히 문 밖에서 소리하여 말하기를

"생이 곧 정을선이니 나의 불명과 혼암(昏暗)함으로 부인이 누명을 쓰고 이렇듯 원혼이 되었으니 그 애달픈 말씀을 어찌 다 칭량(稱量)하겠습니까? 을선이 황명을 받자와 이곳에 와서 부인의 애매함을 깨닫사오니 백골이나 보고 이곳에서 한가지로 죽어 부인의 각골지원(刻骨之寃)을 위로하고자 하나니 부인의 명백한 혼령은 용렬한 을선의 죄를 사하여 주시면 잠깐 뵈옵고 위로하기를 바라나이다."

말을 마치고 방성대곡하니 소저가 유모를 불러 전어(傳語)하여 말하기를

"정 시랑이 이곳에 오시기 만무하니 어디서

18

셔 과긱이 와셔 원통히 쥭은 몸을 이러틋 조로나뇨 부졀업시
조르지 말고 쌜니 가라 ᄒᆞ는
소릐 의연ᄒᆞ야 원근의 ᄉᆞ못치는지라 유뫼 빅단 기유ᄒᆞ되 듯지
아니ᄒᆞ니 시랑이 유모를
ᄃᆡᄒᆞ여 왈 닉 이러틋 말ᄒᆞ되 소졔 듯지 아니ᄒᆞ니 닉 위격으로
드러가 보리라 유뫼 말녀 왈
그러ᄒᆞ면 조치 아니미 잇실지라 깁히 싱각ᄒᆞ소셔 어시 싱각ᄒᆞ
되 이는 쳘쳔지원이니 범
연이 보지 못ᄒᆞ리라 ᄒᆞ고 창황 즁 싱각고 즉시 익주 ᄌᆞ사의게
관ᄌᆞᄒᆞ되 익주 슌무어ᄉᆞ 졍
을션은 ᄌᆞᄉᆞ의게 급히 ᄒᆞᆯ 말이 잇시니 불일 닉로 류 승상 부즁
녹님상원으로 ᄃᆡ령ᄒᆞ라 ᄒᆞ
니 익주 ᄌᆞ식 관ᄌᆞ를 보고 황황이 례를 갓초와 녹님원상으로
오니 어식 녹음 즁의 안ᄌᆞ 민

과객(過客)이 와서 원통하게 죽은 몸을 이렇듯 조르느뇨? 부질없이 조르지 말고 빨리 가라."

하는 소리 애연(哀然)하여 원근에 사무치는지라. 유모가 백단으로 타이르되 듣지 아니하니 시랑이 유모를 대하여 말하기를

"내 이렇듯 말하되 소저가 듣지 아니하니 내가 위격(違格)으로 들어가 보리라."

유모가 말려 말하기를

"그러하면 좋지 않은 일이 있을지라. 깊이 생각하소서."

어사가 생각하되

'이는 철천지원(徹天之冤)이니 범연히 보지 못하리라.'

하고 창황(蒼黃) 중에 생각하고 즉시 익주자사에게 관자(關子)하되

> 익주 순무어사 정을선은 자사에게 급히 할 말이 있으니 불일내(不日內)로 유 승상 부중(府中) 녹림원상으로 대령하라.

하니 익주자사가 관자를 보고 황황(遑遑)히 예를 갖추어 녹림원상으로 오니 어사가 녹음 중에 앉아 민간

간 졍ᄉᆞ를 뭇고 왈 닉 젼일의 류 승상의게 여ᄎᆞ여ᄎᆞᄒᆞᆫ 일이 잇더니 맛춤 이리 지닉다가 유
모를 만나 기간 사연을 ᄌᆞ셔이 드르니 그 소제 별세ᄒᆞ연지 삼 년이로되 이리이리 ᄒᆞ오니
엇지 가련치 아니리오 이러므로 그 원혼을 위로코져 ᄒᆞ니 ᄌᆞᄉᆞ는 날을 위ᄒᆞ여 히혹케 ᄒᆞ
라 ᄌᆞ싀 쳥파의 소져 빈쇼 압희 ᄂᆞ아가 ᄉᆞ러 고 왈 이는 곳 졍 상공일시 분명ᄒᆞ고 나는 이 고
을 ᄌᆞ싀옵더니 졍 어ᄉᆞ의 분부를 들어 알외옵ᄂᆞ니 존위ᄒᆞ신 신령은 살피쇼셔 쇼졔 유모
를 불너 젼어 왈 아모리 유명이 다르나 남녀 분명ᄒᆞ거늘 엇지 외인을 상졉ᄒᆞ리오 아모리
분명ᄒᆞᆫ 졍 시랑이라 ᄒᆞ되 닉 엇지 고지 드르리오 어ᄉᆡ ᄒᆞᆯ 일 업셔 이 연유를 텬ᄌᆞ긔 쥬ᄒᆞᆫ되
상이 드르시고 잔잉히 너기ᄉᆞ 원혼을 츄증ᄒᆞ여 츙열 부인을 봉ᄒᆞ시고 직쳡과 교지를 ᄂᆞ
리시니 언관이 쥬야비도ᄒᆞ여 ᄂᆞ려와 쇼져 빈소 방문 압희셔 교지를 ᄌᆞ셔이 닑으니 ᄒᆞ엿스되

정사를 묻고 말하기를

"내 전일에 유 승상에게 여차여차한 일이 있더니 마침 이리 지나다가 유모를 만나 그간의 사연을 자세히 들으니 그 소저가 별세한 지 삼 년이로되 이리이리 하오니 어찌 가련치 아니하리오. 이러므로 그 원혼을 위로하고자 하니 자사는 나를 위하여 해혹(解惑)하게 하라."

자사가 다 들은 후에 소저의 빈소 앞에 나아가 꿇어 고하기를

"이는 곧 정 상공일시 분명하고 나는 이 고을 자사이오니, 정 어사의 분부를 받들어 아뢰옵나니 존위하신 신령은 살피소서."

소저가 유모를 불러 전어하여 말하기를

"아무리 유명(幽明)이 다르나 남녀 분명하거늘 어찌 외인(外人)을 상접(相接)하리오? 아무리 분명한 정 시랑이라 하되 내가 어찌 곧이 들으리오?"

하니 어사가 하릴없어 이 연유를 천자께 아뢰니 상이 들으시고 자닝하게 여기사 원혼을 추증하여 충렬 부인을 봉하시고 직첩과 교지를 내리시니 언관이 주야배도하여 내려와 소저 빈소 방문 앞에서 교지를 자세히 읽으니 쓰여 있기를

19

아모리 유명이 달으나 아비를 모로고 님군을 모르리오 교지를 ᄂᆞ려 너의 원혼을 ᄭᆡ닷계 ᄒᆞ노라 졍을션의 상쇼를 보니 너의 참혹ᄒᆞᆫ 말을 엇지 다 칭량ᄒᆞ리오 너를 위ᄒᆞ여 죠셔를 ᄂᆞ리ᄂᆞ니 짐의 ᄯᅳᆺ을 져바리지 말나 만일 됴셔를 거역ᄒᆞᆫ즉 역명을 면치 못ᄒᆞ리라

ᄒᆞ엿더라

쇼졔 듯기를 다ᄒᆞᄆᆡ 그졔야 류모를 불너 왈 텬은이 망극ᄒᆞᄉᆞ 아녀ᄌᆞ의 혼ᄇᆡᆨ을 위로ᄒᆞ시고 ᄯᅩ 가뷔 젹실ᄒᆞᆫ 쥴을 밝히시니 황은이 ᄐᆡ산 갓도다 인ᄒᆞ여 시랑을 쳥ᄒᆞ여 드러오라

ᄒᆞ거ᄂᆞᆯ 어ᄉᆡ 유모를 ᄯᅡ라 드러가 보니 좌우 창호를 겹겹히 닷쳣거ᄂᆞᆯ 어ᄉᆡ 좌우로 살피니 ᄐᆡ끌이 자옥ᄒᆞ여 인귀를 분변치 못ᄒᆞᆯ지라 마음의 비창ᄒᆞ여 니불을 들고 보니 비록 살은 썩지 아냣시나 시신니 ᄲᅧ만 남은지라 어ᄉᆡ 울며 왈 낭ᄌᆞ야 날을 보면 능히 알쇼냐 그 쇼졔 공즁으로서 ᄃᆡ답ᄒᆞᄃᆡ 쳡의 용납지 못ᄒᆞᆯ 죄를 ᄉᆞᄒᆞ시고 쳔리 원졍의 오시니 아모리 ᄇᆡᆨ골

아무리 유명(幽明)이 다르나 아비를 모르고 임금을 모르겠는가? 교지를 내려 너의 원혼을 깨닫게 하노라. 정을선의 상소를 보니 너의 참혹한 말을 어찌 다 칭량하리오? 너를 위하여 조서를 내리나니 짐의 뜻을 저버리지 말라. 만일 조서를 거역하면 역명(逆命)을 면치 못하리라.

하였더라. 소저가 듣기를 다하매 그제야 유모를 불러 말하기를

"천은이 망극하사 아녀자의 혼백을 위로하였고 또한 가부(家夫)가 적실(適實)한 줄을 밝히시니 황은이 태산 같도다."

인하여 시랑을 청하여 들어오라 하거늘, 어사가 유모를 따라 들어가 보니 좌우의 창호가 겹겹이 닫혔거늘 어사가 좌우로 살피니 티끌이 자욱하여 사람과 귀신을 분별하지 못할지라. 마음에 비창하여 이불을 들고 보니 비록 살은 썩지 않았으나 시신이 뼈만 남은지라.

어사가 울며 말하기를

"낭자야, 나를 보면 능히 알소냐?"

그 소저가 공중으로부터 대답하되

"첩의 용납하지 못할 죄를 사하시고 천리 원정(遠程)에 오시니 아무리 백골인들

인들 엇지 감격지 아니리오 쳡의 박명훈 죄인으로 상공의 하히 갓흔 인덕을 닙ᄉ와 외람

ᄒ온 직쳡을 밧ᄌ오니 엇지 감은치 아니리잇가 어ᄉ 왈 엇지ᄒ면 낭지 ᄃ시 ᄉ라날고 쇼

졔 답 왈 쳡을 살니려 ᄒ시거든 금셩산 옥윤동을 ᄎᄌ가 금셩진인을 보고 약을 구ᄒ여 오

시면 쳡이 회싱ᄒ려니와 상공이 엇지 가 구ᄒ여 오시믈 바라리잇고 어ᄉ 깃거 즉시 유모

를 분부ᄒ여 힝장을 찰히라 ᄒ여 유모 부쳐를 다리고 길의 올나 여러 날 만의 옥윤동의 니

르러 긔구훈 산쳔을 너머 도관을 ᄎ즈되 운뮈 ᄌ옥ᄒ여 능히 ᄎ질 길이 업는지라 마음의

초조ᄒ여 두로 찻더니 한 곳의 니르니 일좌 묘당이 잇거놀 드러가 보니 인젹이 업셔 틔쓸

어찌 감격하지 아니하리오? 첩은 박명한 죄인으로 상공의 하해 같은 인덕(仁德)을 입사와 외람하온 직첩을 받자오니 어찌 감은(感恩)치 아니하겠습니까?"

어사 말하기를

"어찌하면 낭자가 다시 살아날꼬?"

소저가 답하기를

"첩을 살리려 하시거든 금성산 옥륜동을 찾아가 금성진인(金城鎭人)을 보고 약을 구하여 오십시오. 그러면 첩이 회생하려니와 어찌 상공이 가서 구하여 오실 것을 바라겠습니까?"

어사가 기뻐 즉시 유모에게 분부하여 행장을 차리라 하여 유모 부처를 데리고 길에 올라 여러 날 만에 옥륜동에 이르러 기구한 산천을 넘어 도관을 찾되 운무가 자욱하여 능히 찾을 길이 없는지라. 마음이 초조하여 두루 찾더니 한 곳에 이르니 일좌(一座) 묘당이 있거늘 들어가 보니 인적이 없어 티끌이

20

이 자옥ᄒᆞ거ᄂᆞᆯ 두로 찻다가 ᄒᆞᆯ 일 업셔 도로 나오더니 묘당 압 큰 나무 아ᄅᆡ 한 구슬 갓흔 거
시 노혓시니 빗치 찬란ᄒᆞ고 향취 웅비ᄒᆞ거ᄂᆞᆯ 이상이 녀겨 집어 몸의 감초고 이의 묘당을
ᄯᅥ나 유모 부쳐를 다리고 산과 고기를 너머 두로 ᄎᆞ지니 드러 갈ᄉᆞ록 쳡쳡ᄒᆞᆫ 산즁이오 능
히 ᄉᆞ름을 볼 길이 업는지라 ᄒᆞᆯ 일 업셔 이의 산에 나려와 촌졈을 ᄎᆞᄌᆞ 밤을 지ᄂᆡ고 익쥬로
도라와 쇼져 빈쇼로 드러가니 쇼제 반겨 왈 상공이 약을 구ᄒᆞ여 오시니잇가 어시 답 왈 슬
푸다 약도 못 어더 오고 다만 힝역만 허비ᄒᆞ니이다 쇼제 왈 상공의 몸의 긔이ᄒᆞᆫ 광ᄎᆡ 빗취
니 무어슬 길의셔 엇지 아니ᄒᆞ시니잇가 어시 왈 이상ᄒᆞᆫ 구슬이 잇기로 가져오니이다 쇼
졔 왈 그거시 회싱ᄒᆞ는 구슬이니 쳡이 살 ᄯᅢ로쇼이다 ᄒᆞ고 다시 말을 아니ᄒᆞ니 어시 그 구

자욱하거늘 두루 찾다가 하릴없어 도로 나오더니 묘당 앞 큰 나무 아래 한 구슬 같은 것이 놓였으니 빛이 찬란하고 향취가 웅비하거늘 이상히 여겨 집어서 몸에 감추고 이에 묘당을 떠나 유모 부처를 데리고 산과 고개를 넘어 두루 찾으니 들어갈수록 첩첩한 산중이오. 능히 사람을 볼 길이 없는지라. 하릴없어 이에 산에서 내려와 촌점(村店)을 찾아 밤을 지내고 익주로 돌아와 소저 빈소로 들어가니 소저가 반겨 말하기를

"상공이 약을 구하여 오십니까?"

어사가 답하기를

"슬프다. 약도 못 얻어 오고 다만 행력(行力)만 허비하였나이다."

소저가 말하기를

"상공의 몸에 기이한 광채가 비취니 무엇을 길에서 얻지 아니하셨습니까?"

어사가 말하기를

"이상한 구슬이 있기에 가져왔나이다."

소저가 말하기를

"그것이 회생하는 구슬이니 첩이 살 때로소이다."

하고 다시 말을 아니 하니 어사가 그

슬을 쇼져의 엽희 놋코 쇼져와 동침ᄒᆞ여 자다가 놀나 ᄭᅢ니 동방이 밝앗는지라 니러나 보

니 구슬 노혓던 곳의 살이 연지 빗갓치 너사롯거놀 그제야 신긔히 너겨 유모를 불너 뵈고

구슬을 쇼져의 몸의 구을이니 불과 하로밤 ᄉᆞ이의 살이 윤턱ᄒᆞ여 붉은 빗치 완연ᄒᆞ고 옛

얼골이 ᄉᆡ로온지라 반기믈 니긔지 못ᄒᆞ여 익쥬 ᄌᆞ사의게 약을 구ᄒᆞ여 일변 약물노 몸을

씻기고 약을 먹이니 자연 환싱ᄒᆞ여 인ᄉᆞ를 출이는지라 어ᄉᆡ 희불자승ᄒᆞ여 갓가이 나아

가니 쇼제 죽엇던 일을 젼연이 니져ᄇᆞ리고 어ᄉᆞ를 ᄃᆡᄒᆞ미 도로혀 붓그러워 유모를 붓들

고 통곡 왈 이거시 ᄭᅮᆷ이냐 싱시냐 부친이 어ᄃᆡ 게시뇨 ᄒᆞ고 슬피 통곡ᄒᆞ니 어ᄉᆡ 쇼져의 옥

슈를 잡ᄋᆞ 위로ᄒᆞ고 살펴보니 요도ᄒᆞᆫ ᄉᆡᆨ덕이 졀묘ᄒᆞ여 진짓 경국지ᄉᆡᆨ이라 싱이 ᄃᆡ희ᄒᆞ

여 관ᄉᆞ의 긔별ᄒᆞ야 교ᄌᆞ를 갓초와 쇼져를 황셩으로 치송52) ᄒᆞᆯ시 쇼제 유모를 다리고 승상

구슬을 소저의 옆에 놓고 소저와 동침하여 자다가 놀라 깨니 동방이 밝았는지라. 일어나 보니 구슬이 놓였던 곳에 살이 연지 빛같이 살아났거늘, 그제야 신기히 여겨 유모를 불러 보이고, 구슬을 소저에 몸에 굴리니, 불과 하룻밤 사이에 살이 윤택하여 붉은 빛이 완연하고 옛 얼굴이 새로운지라. 반김을 이기지 못하여 익주자사에게 약을 구하여, 일변 약물로 몸을 씻기고 약을 먹이니, 자연 환생하여 인사를 차리는지라. 어사가 기쁨을 이기지 못하여 가까이 나아가니 소저가 죽었던 일을 전연 잊어버리고 어사를 대하매 도리어 부끄러워 유모를 붙들고 통곡하기를

"이것이 꿈이냐, 생시냐? 부친이 어디 계시느뇨?"

하고 슬피 통곡하니 어사가 소저의 옥수를 잡아 위로하고 살펴보니 요조한 색덕이 절묘하여 짐짓 경국지색(傾國之色)이라. 생이 크게 기뻐하여 관사에 기별하여 교자를 갖추어 소저를 황성으로 보낼새, 소저가 유모를 데리고 승상

21

산소의 나아가 슬피 통곡ᄒᆞ니 일월이 무광ᄒᆞ고 초목금쉬 위ᄒᆞ
야 슬허ᄒᆞ더라 침실의 도
라와 유모 부쳐를 다리고 황셩으로 올나올ᄉᆡ 쇼져는 금덩[53]을
타고 유부는 ᄃᆡ완마를 탓시
며 각읍 시녀 녹의홍상으로 쌍쌍이 옹위ᄒᆞ야 올나가니 쇼과
군현의 인민이 닷토와 구경
ᄒᆞ며 셔로 닐오ᄃᆡ 이런 닐은 쳔고의 업다 ᄒᆞ더라 어ᄉᆡ 왈 나는
익쥬 일도를 진무ᄒᆞ기로 지
금 올나가지 못ᄒᆞ나니 셔찰을 가지고 올나가라 ᄒᆞ니라 쇼졔
여러 날만의 황셩에 득달ᄒᆞ
야 왕비긔 뵈고 쳔후 슈말을 고ᄒᆞᆫᄃᆡ 왕비 쇼져의 손을 잡고
낙누 왈 그ᄃᆡ의 긔상을 보니 쳔
고의 슉녀어늘 쵸년 팔ᄌᆡ 긔험ᄒᆞ야 원통ᄒᆞᆫ 루명을 시러 여러
ᄒᆡ를 일월을 보지 못ᄒᆞ엿시
니 셰상ᄉᆞ를 칙양치 못ᄒᆞ리로다 류씨 고 왈 쇼쳡의 팔ᄌᆡ 무상
ᄒᆞ오미니 누를 한ᄒᆞ리잇고
황상의 널부신 은혜와 어ᄉᆞ의 하ᄒᆡ지덕으로 셰상의 다시 회싱
ᄒᆞ야 밝은 일월을 보오니

산소에 나아가 슬피 통곡하니 일월이 무광하고 초목금수가 위하여 슬퍼하더라. 침실에 돌아와 유모 부처를 데리고 황성으로 올라올새, 소저는 황금 가마를 타고 유모 남편은 대완마(大宛馬)를 탔으며 각읍 시녀는 녹의홍상으로 쌍쌍이 옹위하여 올라가니 지나가는 군현의 백성이 다투어 구경하며 서로 이르되

"이런 일은 천고에 없다."

하더라. 어사가 말하기를

"나는 익주 일도를 진무하기로 지금 올라가지 못하나니 서찰을 가지고 올라가라."

하니라. 소저가 여러 날 만에 황성에 도달하여 왕비를 뵙고 전후수말을 고하니 왕비가 소저의 손을 잡고 눈물을 흘리며 말하기를

"그대의 기상을 보니 천고의 숙녀이거늘 초년의 팔자가 기구하여 원통한 누명을 입어 여러 해를 일월을 보지 못하였으니 세상사를 칭량치 못하리로다."

유씨가 고하기를

"소첩의 팔자가 무상함이오니 누구를 한하겠습니까? 황상의 넓으신 은혜와 어사의 하해지덕(河海之德)으로 세상에 다시 회생하여 밝은 일월을 보오니

황은이 ᄇᆡᆨ골난망이로쇼이다 언파의 산연 슈루ᄒᆞ더라 ᄎᆞ시 텬
직 드르시고 녜관을 보ᄂᆡ
ᄉᆞ 츙렬 부인씌 치하ᄒᆞ시고 왕비와 츙렬 부인이 못ᄂᆡ 텬은을
칭송ᄒᆞ며 츙렬 부인이 왕비
를 지셩으로 셤기고 졍렬 부인을 녜로써 ᄃᆡ졉ᄒᆞ며 노복을 은의
로 구휼ᄒᆞ니 왕비 지극히
ᄉᆞ랑ᄒᆞ며 노복 등이 은혜를 칭송ᄒᆞ더라 일일은 왕비 츙렬 부인
과 졍렬 부인을 불너 ᄀᆞᆯ오
ᄃᆡ 졍렬 현부는 츙렬의 버금이니 ᄎᆞ례를 분명이 ᄒᆞ라 류씨 고
왈 그러치 아니 ᄒᆞ니이다 졍
렬 부인은 졍문의 몬져 드러와 존고를 셤겻ᄉᆞᆸ고 쳡은 나죵의
입문ᄒᆞ엿ᄉᆞ오니 원비 되오
미 불가ᄒᆞ니이다 왕비 왈 현부를 몬져 졍빙ᄒᆞᆫ 비니 황상긔 쥬
ᄒᆞ야 션후를 졍ᄒᆞ리라 ᄒᆞ고
인ᄒᆞ야 연유를 텬지긔 쥬달ᄒᆞᆫᄃᆡ 상이 하교ᄒᆞᄉᆞ 츙렬 부인으로
원비를 졍ᄒᆞ라 ᄒᆞ시니 류

황은이 백골난망이로소이다."

말을 마치고 산연(潸然) 수루(垂淚)하더라.

이때 천자가 들으시고 예관을 보내시어 충렬 부인께 치하하시고 왕비와 충렬 부인이 못내 천은(天恩)을 칭송하며 충렬 부인이 왕비를 지성으로 섬기고 정렬 부인을 예로써 대접하며 노복을 은의로 구휼하니 왕비 지극히 사랑하며 노복 등이 은혜를 칭송하더라.

일일은 왕비가 충렬 부인과 정렬 부인을 불러 가로되

"정렬 현부는 충렬의 버금이니 차례를 분명히 하라."

유씨가 고하기를

"그렇지 아니하나이다. 정렬 부인은 대궐에 먼저 들어와 존고(存稿)를 섬기었삽고 첩은 나중에 입문하였사오니 원비(元妃)가 되는 것이 불가하나이다."

왕비가 말하기를

"현부를 먼저 정빈(定嬪)한 것이니 황상께 아뢰어 선후를 정하리라."

하고 인하여 이 연유를 천자께 주달하니 상이 하교하사

'충렬 부인으로 원비(元妃)를 정하라.'

하시니 유씨

22

씨 ᄃᆞ시 ᄉᆞ양치 못ᄒᆞ고 원비 쇼임을 감당ᄒᆞ야 구고를 지효로 셤기니 왕비와 가즁이 다 깃거ᄒᆞ되 졍렬 부인이 심즁의 ᄋᆡ달나 황상을 원망ᄒᆞ고 왕비를 미워ᄒᆞ야 가마니 츙렬 부인 ᄒᆡᄒᆞ기를 쐬ᄒᆞ더라 ᄎᆞ시 어ᄉᆡ ᄋᆡᆨ쥬 일도를 순무ᄒᆞ야 ᄇᆡᆨ셩을 인의로 다ᄉᆞ리고 션ᄌᆞ를 승직ᄒᆞ고 불션ᄌᆞ를 파직ᄒᆞ며 탐관ᄌᆞ를 즁률로써 션참후게ᄒᆞ니 불과 슈년지ᄂᆡ의 텬ᄒᆡ ᄐᆡ평ᄒᆞ더라 셔천 사십일 쥬를 슌무ᄒᆞ기를 맛치ᄆᆡ 황셩으로 올나와 탑젼의 봉명ᄒᆞᆫᄃᆡ 상이 어ᄉᆞ의 손을 잡으시고 못ᄂᆡ 깃거ᄒᆞ시고 ᄯᅩ 류씨를 살녀 도라온 일을 치하ᄒᆞ시니 어ᄉᆡ 복지 쥬 왈 이러ᄒᆞ옵기는 다 황상의 널부신 덕턱이오니 신이 만번 쥭ᄉᆞ와도 텬은을 다 갑지 못ᄒᆞ리로쇼이다 텬ᄌᆡ 위로ᄒᆞ시고 벼살을 도도와 금자광록ᄃᆡ부 우승상을 ᄒᆞ이시고 상ᄉᆞ를 만히 ᄒᆞ시니 승상이 텬은을 슉ᄉᆞᄒᆞ고 퇴됴ᄒᆞ야 도라와 부왕과 모비긔 뵈온ᄃᆡ 왕비 다시 사양하지 못하고 원비의 소임을 감당하여 구고(舅姑)를 지효(至孝)로 섬기니 왕비와 가중(家中)이 다 기뻐하되, 정렬 부인이 심중에 애달파 황상을 원망하고 왕비를 미워하여 가만히 충렬 부인 해하기를 꾀하더라.

이때 어사가 익주 일도를 순무하여 백성을 인의로 다스리고 선한 사람은 직위를 올리고 선하지 못한 사람을 파직하며 탐관오리를 중률로써 선참후계(先斬後啓)하니 불과 수년지내(數年之內)에 천하 태평하더라. 서천 사십일 주를 순무하기를 마치매 황성으로 올라와 탑전(榻前)에 봉명(奉命)하니 상이 어사의 손을 잡으시고 못내 기뻐하시고 또 유씨를 살려 돌아온 일을 치하하시니 어사가 엎드려 아뢰기를

"이러하옵기는 다 황상의 넓으신 덕택이오니 신이 만 번 죽사와도 천은을 다 갚지 못하리로소이다."

천자가 위로하시고 벼슬을 돋우어 금자광록대부 우승상을 명하시고 상사(賞詞)를 많이 하시니 승상이 천은을 숙사하고 퇴조하여 돌아와 부왕과 모비께 뵈오니 왕비가

반기며 눈물을 드리워 류씨 싱환ᄒᆞᆷ을 못너 칭찬ᄒᆞ시고 신긔히 너기더라 냥 부인이 ᄎᆞ례
로 도라와 녜를 맛치미 승상이 ᄯᅩᄒᆞᆫ 류씨를 도라보와 원졍의 무ᄉᆞ이 득달ᄒᆞᆷ을 치하ᄒᆞ고
누쉬 옥안의 니음ᄎᆞ니 부인이 염슬 왈 쳡의 무ᄉᆞ히 올나오기는 승상의 덕이오 즐거오믈
엇지 니로 칭냥ᄒᆞ리잇고 ᄒᆞ더라 이날 밤의 승상이 류씨 침소의 드러가니 류씨 마ᄌᆞ 좌졍
후 염임 고 왈 상공은 너모 쳡을 싱각지 마르시고 됴 부인을 친근이 ᄒᆞ옵소셔 승상이 답 왈
너 엇지 됴씨를 박ᄃᆡᄒᆞ리오 부인은 여ᄎᆞ 념려를 말나 ᄒᆞ고 부인의 옥슈를 잡고 침셕의 나
아가니 부인이 옛 닐을 싱각고 비회 교집ᄒᆞ야 탄식ᄒᆞ거눌 승상이 위로 왈 고진감릐는 우
리를 두고 니르미라 엇지 오날날 이러틋 만나믈 ᄯᅳᆺᄒᆞ엿시리오 ᄒᆞ며 언쇠 자약ᄒᆞ니 류씨

반기며 눈물을 드리워 유씨 생환함을 못내 칭찬하시고 신기히 여기더라.

두 부인이 차례로 돌아와 예를 마치매 승상이 또한 유씨를 돌아보아 먼 길에 무사히 득달함을 치하하고 흐르는 눈물이 옥 같은 얼굴에 줄줄이 흐르니 부인이 무릎을 모아 단정히 앉아 하는 말이

"첩이 무사히 올라온 것은 승상의 덕이오. 즐거움을 어찌 이루 칭량하겠습니까?"

하더라. 이날 밤에 승상이 유씨 침소에 들어가니 유씨가 맞아 좌정한 후 여미고 말하기를

"상공은 첩을 너무 생각하지 마시고 조 부인을 친근히 하옵소서."

승상이 답하기를

"내 어찌 조씨를 박대하리오? 부인은 이러한 염려를 마시오."

하고 부인의 옥수를 잡고 침석에 나아가니 부인이 옛 일을 생각하고 비회(悲懷) 교집(交集)하여 탄식하거늘 승상이 위로하기를

"고진감래(苦盡甘來)는 우리를 두고 이름이라. 어찌 오늘날 이렇게 만남을 뜻하였으리오?"

하며 언사 작약(雀躍)하니 유모

23

깃거 ᄉᆞ례ᄒᆞ야 갈오ᄃᆡ 냥위 져러틋 즐기시니 노신의 한이 다시 업도소이다 승상이 소 왈

유모의 졍셩으로 부인이 회싱ᄒᆞ엿시니 노고의 덕은 산니 낫고 바다히 엿튼지라 엇지 싱

젼의 다 갑흐리오 ᄒᆞ며 즐겨 ᄒᆞ더니 임의 야심ᄒᆞᄆᆡ 촉을 창외로 물이니 유뫼 졔 방으로 도

라와 지아비 츙복다려 왈 우리 이제 죽어도 한니 업도다 승상이 우리 소져를 ᄉᆞ랑ᄒᆞ심이

지극ᄒᆞ니 엇지 즐겁지 아니리오 츙복이 듯고 탄식 왈 상공이 츙렬 부인 ᄉᆞ랑ᄒᆞ시미 도로

혀 질겁지 아니ᄒᆞ도다 후일 반다시 조치 아니ᄒᆞᆫ 일 잇시리라 한미 문 왈 그 어인 말고 답 왈

졍렬 부인은 죠왕의 ᄯᆞᆯ이니 국족으로 셰력이 즁ᄒᆞᆫ 부인어오 위인이 양션치 못ᄒᆞ니 승상

이 츙렬 부인을 편벽되이 ᄉᆞ랑ᄒᆞ시면 졍렬 부인이 싀긔ᄒᆞᆯ 거시니 일후의 보면 알녀니와

기뻐 사례하여 가로되

"두 분께서 저렇듯 즐거워하시니 노신의 한이 다시없겠습니다."

승상이 웃으며 말하기를

"유모의 정성으로 부인이 회생하였으니 노고(老姑)의 덕은 산이 낮고 바다가 옅은지라. 어찌 생전에 다 갚으리오?"

하며 즐거워하더니 이미 야심하매 촉을 창외로 물리니 유모가 제 방으로 돌아와 지아비 충복더러 말하기를

"우리 이제 죽어도 한이 없도다. 승상이 우리 소저를 사랑하심이 지극하니 어찌 즐겁지 아니하리오?"

충복이 듣고 탄식하기를

"상공이 충렬 부인 사랑하심이 도리어 즐겁지 아니하도다. 후일 반드시 좋지 아니한 일 있으리라."

할미가 묻기를

"그 어인 말인고?"

답하여 말하기를

"정렬 부인은 조왕의 딸이니 국족으로 세력이 중한 부인이오. 위인이 양선치 못하니 승상이 충렬 부인을 편벽되이 사랑하시면 정렬 부인이 시기할 것이니 일후에 보면 알 것이거니와

무슴 연괴 잇실가 ᄒᆞ노라 유뫼 청파의 그러히 너겨 ᄯᅩᄒᆞᆫ 념려
ᄒᆞ더라 ᄎᆞ시 승상이 류 부인
침실의셔 ᄌᆞ고 ᄋᆡᆨ일 야의 됴 부인 침소의 드러가니 됴 부인
왈 쳡의 곳의 엇지 드러오시니
잇가 류씨의 침소로 가소셔 승상이 우스며 ᄂᆡ념의 그 현슉지
못ᄒᆞ믈 미은니 너기더라 ᄎᆞ
시 국ᄐᆡ 민안ᄒᆞ고 ᄉᆞ방이 무ᄉᆞᄒᆞ야 ᄇᆡᆨ셩이 격양가로 일을 숨으
니 이럼으로 승상이 슈유
를 어더 냥 부인을 다리고 날마다 풍악을 쥬ᄒᆞ며 렬락ᄒᆞ는지라
만조ᄇᆡᆨ관이 놀기를 닷토
와 날마다 승상부의 모다 가무로 연락ᄒᆞ니 장안 ᄇᆡᆨ셩들이 닐으
되 뎡 승상의 유복ᄒᆞᆫ 팔ᄌᆞ
는 진짓 곽분양[54]을 불워 아니리라 ᄒᆞ더라 ᄎᆞ시 류 부인이 잉
ᄐᆡᄒᆞᆫ지 임의 칠삭이라 됴 부인
이 날노 ᄉᆡ긔ᄒᆞ야 ᄆᆡ양 류 부인을 히홀 마음을 두나 승상이
가ᄂᆡ를 명찰ᄒᆞᄆᆡ 능히 힝ᄉᆞ치
못ᄒᆞ고 ᄋᆡ말나 ᄒᆞᆷ을 니긔지 못ᄒᆞ더라 나라히 ᄐᆡ평ᄒᆞ야 정히
일이 업더니 문득 셔방 절도

무슨 연고 있을까 하노라."

유모가 듣고 그렇게 여겨 또한 염려하더라.

이때 승상이 유 부인 침실에서 자고 다음날 밤에 조 부인 침소에 들어가니 조 부인이 말하기를

"첩의 곳에 어찌 들어오십니까? 유씨의 침소로 가소서."

승상이 웃으며 마음 속 생각으로 그 현숙치 못함을 불편하게 여기더라.

이때 국태민안(國泰民安)하고 사방이 무사하여 백성이 격양가로 일을 삼으니 이러므로 승상이 말미를 얻어 두 부인을 데리고 날마다 풍악을 연주하며 기뻐하며 즐거워하는지라. 만조백관이 놀기를 다투어 날마다 승상부에 모두 가무(歌舞)로 잔치를 하며 즐기니 장안 백성들이 이르되 정 승상의 유복한 팔자는 짐짓 곽분양을 부러워 않으리라 하더라.

이때 유 부인이 잉태한 지 이미 칠 개월이라. 조 부인이 날로 시기하여 매양 유 부인을 해할 마음을 두나 승상이 가내(家內)를 명찰(明察)하매 능히 행사치 못하고 애말라 함을 이기지 못하더라. 나라가 태평하여 정히 일이 없더니 문득 서방 절도사가

24

ᄉᆞ의 급ᄒᆞᆫ 표문을 올니니 샹이 보시ᄆᆡ 다른 ᄉᆞ의 아니라 셔융이 반ᄒᆞ야 셔방 삼십여 셩을
쳐 항복 밧고 승승장구ᄒᆞ야 물미듯 황셩을 향ᄒᆞ되 능히 막을 길이 업ᄉᆞ오니 원 폐하는 명
장을 ᄐᆡᆨᄒᆞ샤 조셕의 급ᄒᆞᆷ믈 방비ᄒᆞ쇼셔 ᄒᆞ엿더라 상이 보시고 ᄃᆡ경ᄒᆞᄉᆞ 만죠 ᄇᆡᆨ관을 모
흐시고 의논ᄒᆞ실시 좌승상 뎡을션이 츌반 쥬 왈 셔융이 강포ᄒᆞᆷ믈 밋고 외람이 ᄃᆡ국을 침
범ᄒᆞ오니 신이 비록 ᄌᆡ조 업ᄉᆞ오나 일지병을 빌니시면 한번 북쳐 셔융을 ᄉᆞ로잡ᄋᆞ 폐하
의 근심을 덜니이다 상이 ᄃᆡ희ᄒᆞ야 왈 경의 츙셩과 지략을 짐이 아는 ᄇᆡ라 무슴 근심이 잇
시리오 부ᄃᆡ 경젹지 말고 셔융을 쳐 항복바다 ᄃᆡ국 위엄을 빗ᄂᆡ고 경의 일홈을 ᄉᆞᄒᆡ의 진
동케 ᄒᆞ라 ᄒᆞ시고 십만 ᄃᆡ병과 ᄆᆡᆼ장 천여 원을 쥬시고 ᄐᆡᆫ지 어필노 ᄃᆡ장 슈긔의 친히 쓰시

급한 표문을 올리니 상이 보시매 다른 사의(事意)가 아니라.

서융이 반하여 서방 삼십여 성을 쳐 항복을 받고 승승장구(乘勝長驅)하여 물밀듯 황성을 향하되 능히 막을 길이 없사오니 원하건대 폐하께서는 명장을 택하시어 조석(朝夕)의 급함을 방비하소서.

하였더라. 상이 보시고 대경하사 만조백관을 모으시고 의논하실새, 좌승상 정을선이 출반하여 아뢰기를

"서융이 강포함을 믿고 외람히 대국을 침범하오니 신이 비록 재주 없사오나 일지병(一枝兵)을 빌리시면 한번 북을 쳐 서융을 사로잡아 폐하의 근심을 덜리이다."

상이 대희하여 말하기를

"경의 충성과 지략을 짐이 아는 바라. 무슨 근심이 있으리오? 부디 적을 얕보지 말고 서융을 쳐 항복 받아 대국의 위엄을 빛내고 경의 이름을 사해에 진동케 하라."

하시고 십만 대병과 용맹한 장수 천여 명을 주시고 천자가 어필(御筆)로 대장수 기에 친히 쓰시되

되 ᄃᆡ송 좌승상 병마도총독 ᄃᆡᄉᆞ마 ᄃᆡ장군 평셔ᄃᆡ원수 뎡을션
이라 ᄒᆞ여시니 을션의 엄
슉ᄒᆞ미 ᄆᆡᆼ호갓더라 즉일 발ᄒᆡᆼᄒᆞᆯ식 동 십일 월 십일 일 갑ᄌᆞ의
ᄒᆡᆼ군령을 놋코 잠간 집의 도
라와 모비ᄭᅴ 고ᄒᆞ되 국은이 망극ᄒᆞ와 벼살이 ᄃᆡᄉᆞ마 ᄃᆡ장군
ᄃᆡ원슈의 니르럿ᄉᆞ오니 몸
이 맛도록 국은을 만분지일이나 갑흘가 ᄒᆞ옵ᄂᆞ니 모친은 소ᄌᆞ
의 츌젼ᄒᆞ믈 념려치 마르
시고 긔쳬 안강ᄒᆞ옵소셔 인ᄒᆞ야 하직ᄒᆞ니 왕비 눈물을 흘녀
왈 인신이 되여 난세의 ᄃᆡ병
을 거ᄂᆞ려 국은을 갑흐미 신ᄌᆞ의 ᄯᅥᆺᄯᅥᆺᄒᆞᆫ 일이오 ᄯᅩ 국가를 도
라보는 ᄌᆞ는 집을 류련치 아
니ᄒᆞᆫ다 ᄒᆞ니 급히 도적을 평정ᄒᆞ고 ᄃᆡ공을 셰워 일홈이 ᄉᆞᄒᆡ에
진동ᄒᆞ고 얼골을 긔린
각[55]의 그리미 남ᄋᆞ의 ᄉᆞ업이니 노모를 류련치 말고 슈이 셩공
반ᄉᆞ[56]ᄒᆞ믈 바라노라 ᄒᆞ니 원
쉬 이의 모젼의 하직ᄒᆞ고 물너나와 류 부인을 향ᄒᆞ야 왈 그ᄃᆡ
등은 모비를 지셩으로 밧드

대송 좌승상 병마도총독 대사마 대장군 평서대원수 정을
선이라

하였으니 을선의 엄숙함이 맹호 같더라. 바로 그날 발행할 새, 동 십일 월 십일 일 갑자(甲子)에 행군령(行軍令)을 놓고 잠깐 집에 돌아와 모비께 고하되

"국은이 망극하와 벼슬이 대사마 대장군 대원수에 이르렀사오니 몸이 맞도록 국은(國恩)을 만분지일이나 갚을까 하옵나니 모친은 소자의 출전함을 염려치 마르시고 기체 안강(安康)하옵소서."

인하여 하직하니 왕비가 눈물을 흘려 말하기를

"신하가 되어 난세(亂世)에 대병을 거느려 국은을 갚으매 신하된 자의 떳떳한 일이오. 또 '국가를 돌아보는 자는 유련(留連)치 아니한다.' 하니 급히 도적을 평정하고 대공을 세워 이름이 사해에 진동하고 얼굴을 기린각(麒麟閣)에 그리는 것이 남아의 사업이니 노모를 유련치 말고 쉬이 성공하여 돌아오기를 바라노라."

하니 원수가 이에 모친께 하직하고 물러나와 유 부인을 향하여 말하기를

"그대 등은 모비를 지성으로 받들어

25

러 복의 도라오물 기다리라 ᄒᆞ고 ᄯᅩ 됴 부인다려 왈 류씨는
고단ᄒᆞᆫ ᄉᆞ롬이니 부ᄃᆡ 불상이
녀기며 님의 ᄐᆡ긔 잇션 디 칠삭이니 만일 싱산ᄒᆞ거든 조히 보
호ᄒᆞ소셔 ᄒᆞ고 ᄯᅩ 류 부인을
향ᄒᆞ야 왈 아모죠록 가즁이 화평ᄒᆞ고 무ᄉᆞᄒᆞ믈 바라노라 두
부인이 ᄃᆡ 왈 가즁ᄉᆞ는 념려
치 마르시고 ᄃᆡ공을 닐워 슈히 도라오시믈 바라ᄂᆞ이다 ᄒᆞ며
보니 류 부인은 근심ᄒᆞ는 빗
치 잇고 됴 부인은 깃거ᄒᆞ는 빗치 잇거놀 고히 녀겨 됴 부인다
려 왈 가부를 만 니 원졍의 니
별ᄒᆞ니 응당 슈식이 잇실 거시어놀 부인는 엇지 희식이 잇ᄂᆞ뇨
됴 부인 왈 이 엇진 말슴이
니잇고 상공이 ᄃᆡ원슈 직임을 당ᄒᆞ시니 신ᄌᆞ의 당연ᄒᆞᆫ 직분이
오 둘지는 십만 ᄃᆡ병을 거
ᄂᆞ려 오랑키를 졍벌ᄒᆞ시니 ᄃᆡ쟝부의 쾌ᄉᆡ오 셋지는 무지ᄒᆞᆫ 도
젹을 한번 북쳐 파ᄒᆞ미 위
엄이 텬하의 진동ᄒᆞ고 밋 ᄃᆡ공을 셰우고 승젼고를 울녀 반ᄉᆞᄒᆞ
미 우호로 텬직 례ᄃᆡᄒᆞ시

내가 돌아오기를 기다리라."

하고 또 조 부인더러 말하기를

"유씨는 고단(孤單)한 사람이니 부디 불쌍히 여기며, 이미 태기 있은 지 칠 개월이니, 만일 생산하거든 좋이 보호하소서."

하고 또 유 부인을 향하여 말하기를

"아무쪼록 가중(家中)이 화평하고 무사하기를 바라노라."

하니 두 부인이 대답하여 말하기를

"가중사(家中事)는 염려하지 마시고 대공을 이뤄 쉬이 돌아오실 것을 바라나이다."

하며 보니 유 부인은 근심하는 빛이 있고 조 부인은 은근히 기뻐하는 빛이 있거늘 괴이히 여겨 조 부인더러 말하기를

"가부(家夫)를 만 리 원정에 이별하여 보내니 응당 수색(愁色)이 있을 것이거늘 부인은 어찌 희색(喜色)이 있느뇨?"

조 부인이 말하기를

"이 어찌한 말씀입니까? 상공이 대원수 직임을 당하시니 신하된 자의 당연한 직분이요, 둘째는 십만 대병을 거느려 오랑캐를 정벌하시니 대장부의 통쾌한 일이요, 셋째는 무지한 도적을 한번 북 쳐 파하매 위엄이 천하에 진동하고 또한 대공을 세우고 승전고를 울려 반사하매 위로는 천자가 예대(禮待)하시고

고 아ᄅᆡ로 만죠 공경이 흠앙ᄒᆞ며 영명이 쳔츄의 젼ᄒᆞ고 얼골이 긔린각의 오르리니 상공
이 영화를 씌여 환가ᄒᆞ시ᄆᆡ 우흐로 존고의 흰희ᄒᆞ심과 아ᄅᆡ로 쳡 등의 평ᄉᆡᆼ이 영화로오
믈 자부ᄒᆞ야 우음을 먹음어 반가이 마ᄌᆞ리니 이를 ᄉᆡᆼ각ᄒᆞᄆᆡ 자연 화긔 동ᄒᆞ미니이다 언
필의 셩음이 옥을 마아는 듯 ᄒᆞ고 얼골이 슌화ᄒᆞ야 장부의 회포를 눅이는지라 승상이 다
시 ᄒᆞᆯ 말이 업셔 모친긔 하직ᄒᆞ고 두 부인을 리별ᄒᆞᆫ 후 교장의 ᄂᆞ와 삼군을 조련ᄒᆞ야 ᄒᆡᆼ군
ᄒᆞᆯ식 텬지 난가를 동ᄒᆞ샤 문외의 나와 원슈를 젼송ᄒᆞ시니 원슈 농탑 하에 하직ᄒᆞᆫᄃᆡ 상이
어쥬를 권ᄒᆞ시고 손을 잡으ᄉᆞ 왈 경은 츙셩을 다ᄒᆞ야 흉적을 파ᄒᆞ고 ᄃᆡ공을 세워 짐의 근
심을 덜나 ᄒᆞ시고 환궁 ᄒᆞ시다 원슈 이의 방포 삼셩의 ᄒᆡᆼ군ᄒᆞ믈 ᄌᆡ촉ᄒᆞ니 긔치 검극이 ᄇᆡᆨ

아래로 만조(滿朝) 공경이 흠앙하며 영명이 천추에 전하고 얼굴이 기린각에 오르리니 상공이 영화를 띠어 집으로 돌아오시매 위로 존고의 환희하심과 아래로 첩 등의 평생이 영화로움을 자부하여 울음을 머금어 반가이 맞으리니 이를 생각하매 자연 화기(和氣)가 동합입니다."

말을 마치니 성음이 옥을 깨뜨리는 듯 하고 얼굴이 순화하여 장부의 회포를 녹이는지라. 승상이 다시 할 말이 없어 모친께 하직하고 두 부인을 이별한 후 교육장에 나와 삼군을 조련하여 행군할새 천자가 난가(鑾駕)를 동하시어 문밖에 나와 원수를 전송하시니 원수가 용탑 하에 하직한대 상이 어주(御酒)를 권하시고 손을 잡으시고 말하기를

"경은 충성을 다하여 흉적을 파하고 대공을 세워 짐의 근심을 덜게 하라."

하시고 환궁하시다. 원수가 이에 방포(放砲) 삼성(三聲)에 행군함을 재촉하니 기치(旗幟) 검극(劍戟)이 백

26

리의 쌧첫더라 ᄎᆞ시 졍렬 부인이 츙렬 부인을 ᄒᆡ코ᄌᆞ ᄒᆞ야 한
게교를 ᄉᆡᆼ각ᄒᆞ고 시비 금련
을 불너 귀의 다혀 왈 너를 슈족갓치 밋ᄂᆞ니 나의 가르치는
ᄃᆡ로 시ᄒᆡᆼᄒᆞ라 금련이 ᄃᆡ 왈 부
인의 분부ᄒᆞ시믈 소비 엇지 짐심치 아니리잇가 부인 왈 승상이
류 부인을 각별 ᄉᆞ랑ᄒᆞ는
즁 겸ᄒᆞ야 류씨 잉턔 만삭ᄒᆞ엿고 나는 상공의 조강이나 ᄃᆡ졉홈
이 소홀ᄒᆞ고 ᄉᆡᆼ산의 길이
망연ᄒᆞ니 류네 만일 ᄉᆡᆼ남ᄒᆞ면 그 춍의 ᄇᆡᆨ 비나 더홀 거시오
나의 젼졍은 아조 불 거시 업스
리니 이를 ᄉᆡᆼ각ᄒᆞ면 통분ᄒᆞ미 각골ᄒᆞᆫ지라 여ᄎᆞ여ᄎᆞᄒᆞ야 미리
소져를 ᄒᆡᆼᄉᆞᄒᆞ면 나의
평ᄉᆡᆼ이 영화로오리니 네 만일 셩ᄉᆞᄒᆞ면 쳔금으로 상을 쥬고
일ᄉᆡᆼ올 판케 ᄒᆞ리라 금련이
응낙ᄒᆞ고 물너 나오니라 ᄎᆞ시 됴 부인이 류 부인을 쳥ᄒᆞ야 왈
오날 일긔 화창ᄒᆞ오니 후원

리에 뻗쳤더라.

이때 정렬 부인이 충렬 부인을 해하고자 하여 한 계교를 생각하고 시비 금련을 불러 귀에 대고 말하기를

"너를 수족같이 믿나니 나의 가르치는 대로 시행하라."

금련이 대답하기를

"부인의 분부하심에 소비 어찌 진심(盡心)치 않겠습니까?"

부인이 말하기를

"승상이 유 부인을 각별히 사랑하는 중 겸하여 유씨가 잉태하여 만삭하였고 나는 상공의 조강지처이나 대접함이 소홀하고 생산의 길이 망연하니, 유 부인이 만일 아들을 낳으면 그 총애가 백배나 더할 것이오. 나의 전정(前程)은 아주 볼 것이 없으리니 이를 생각하면 통분함이 각골한지라. 여차여차하여 미리 소저를 행사하면 나의 평생이 영화로우리니 네가 만일 성사하면 천금으로 상을 주고 일생을 편케 하리라."

금련이 응낙하고 물러 나니라.

이때 조 부인이 유 부인을 청하여 말하기를

"오늘 일기 화창하오니 후원에

의 나아가 츈경을 완상ᄒᆞ야 울울ᄒᆞᆫ 마음을 위로코져 ᄒᆞ오니
부인의 존의 엇더 ᄒᆞ시닛고
류 부인이 조흐믈 답ᄒᆞ고 후원의 니르니 됴 부인이 맛참 신긔
불평ᄒᆞ시므로 도로 나려가
셧다 ᄒᆞ거놀 류 부인이 그 ᄭᅬ를 모로고 즉시 나려가 보니 됴
부인이 금구를 놉히 덥고 누엇
거놀 류 부인이 겻ᄒᆡ ᄂᆞ아가 문 왈 부인은 어ᄃᆡ를 그리 불평ᄒᆞ
시뇨 됴 부인이 더옥 알는 소
릐를 엄엄이 ᄒᆞ야 인ᄉᆞ를 모로는 쳬 ᄒᆞ거놀 류씨 일변 놀나고
민망ᄒᆞ야 급히 왕비긔 고ᄒᆞ
고 일변 약을 달혀 권ᄒᆞ니 ᄎᆞ시 밤이 깁헛고 인젹이 고요ᄒᆞ더
라 됴씨 약을 마신 후 목 안의
소릐로 갈오ᄃᆡ 나의 병이 나흔 듯 ᄒᆞ니 부인은 침소로 가 편히
쉬소셔 쳡의 병은 날이 오릐
면 자연 나흐리이다 류 부인 왈 부인의 병이 져러틋 위즁ᄒᆞ시
니 엇지 가 ᄌᆞ리잇고 ᄒᆞ고 가
지 아니ᄒᆞ니 됴 부인이 직삼 권ᄒᆞ야 왈 앗가 약을 먹은 후 지금
은 나흔 듯 ᄒᆞ오니 념려 마르

나아가 춘경을 완상(玩賞)하여 울울한 마음을 위로하고자 하오니 부인의 뜻은 어떠하십니까?"

유 부인이 좋음을 답하고 후원에 이르니 조 부인이 마침 신기 불평하시므로 도로 내려가셨다 하거늘 유 부인이 그 꾀를 모르고 즉시 내려가 보니 조 부인이 금구(衾具)를 높이 덮고 누었거늘 유 부인이 곁에 나아가 묻기를

"부인은 어디가 그리 불편하십니까?"

조 부인이 더욱 앓는 소리를 엄엄히 하여 인사를 모르는 체하거늘 유씨 일변 놀라고 민망하여 급히 왕비께 고하고 일변 약을 달여 권하니 이때 밤이 깊었고 인적이 고요하더라.

조씨가 약을 마신 후 목 안의 소리로 가로되

"나의 병이 나은 듯하니 부인은 침소로 가 편히 쉬소서. 첩의 병은 날이 오래면 자연 나으리이다."

유 부인이 말하기를

"부인의 병이 저렇듯 위중하시니 어찌 가서 자겠습니까?"

하고 가지 아니하니 조 부인이 재삼(再三) 권하여 말하기를

"아까 약을 먹은 후 지금은 나은 듯하오니 염려 마시고

27

시고 도라가소셔 ᄒᆞ거ᄂᆞᆯ 류 부인이 마지 못ᄒᆞ야 침소로 도라와 누엇더니 차시 금련이 류

부인이 도라오기 젼의 남복을 닙고 류 부인 침소의 드러가 침병 뒤히 숨엇는지라 됴 부인

이 왕비 셔ᄉᆞ촌 오라비 셩복록을 쳥ᄒᆞ야 금은을 만히 쥬고 게교를 가르쳐 이리이리 ᄒᆞ라

ᄒᆞ니 셩복록은 욕심이 만흔 지라 밤이 깁흔 후 왕비 침쇼의 드러가 왕비긔 고ᄒᆞ되 졍렬 부

인의 병이 즁ᄒᆞ미 쇼졔 져의 의약을 다ᄉᆞ리며 보오니 츙렬 부인이 구병ᄒᆞ는 체 ᄒᆞ옵더니

밤이 깁지 못ᄒᆞ야 몸이 곤뇌타 ᄒᆞ옵고 시비를 믈니치고 가오미 가장 괴이ᄒᆞ옵기로 뒤흘

ᄯᅡ라 살피온즉 모양과 의포 이러이러ᄒᆞᆫ 남직 한가지로 침소로 드러가옵더니 등촉을 물

니치고 희락지셩이 랑ᄌᆞᄒᆞ오니 이런 변이 어ᄃᆡ 잇스리잇고 ᄒᆞᆫᄃᆡ 왕비 닐오ᄃᆡ 츙렬 부인

돌아가소서."

하거늘 유 부인이 마지못하여 침소로 돌아와 누웠더니 이때 금련이 유 부인이 돌아오기 전에 남복(男服)을 입고 유 부인 침소에 들어가 침병 뒤에 숨었는지라. 조 부인이 왕비 서사촌(庶四寸) 오라비 성복록을 청하여 금은을 많이 주고 계교를 가르쳐 이리이리 하라 하니 성복록은 욕심이 많은 자라. 밤이 깊은 후 왕비 침소에 들어가 왕비께 고하되

"정렬 부인의 병이 중하매 소저가 저의 의약을 다스리며 보오니 충렬 부인이 간병하는 체하옵더니 밤이 깊지 못하여 몸이 곤뇌타 하옵고 시비를 물리치고 가오매 가장 괴이하옵기로 뒤를 따라 살핀즉 모양과 의표(儀表)가 이러이러한 남자가 한가지로 침소로 들어가옵더니 등촉을 물리치고 희락지성(喜樂之聲)이 낭자하오니 이런 변이 어디 있겠습니까?"

하니 왕비 이르되

은 이러홀니 만무ᄒᆞ니 네 잘못 보앗도다 ᄒᆞ고 ᄭᅮ지즈니 복록이 홀 말이 업셔 나왓다가 다

시 드러가 고ᄒᆞ되 앗가 잘못 보앗다 ᄭᅮ지시기로 다시 가 보오니 분명ᄒᆞᆫ 남ᄌᆡ라 엇더ᄒᆞᆫ 놈

과 동침ᄒᆞ야 희락이 낭ᄌᆞᄒᆞ오니 ᄂᆡ 말을 밋지 아니 ᄒᆞ시거든 친히 가 보옵쇼셔 왕비 왈 네

분명이 보앗ᄂᆞ냐 복록이 다시 고 왈 아모리 우ᄆᆡᄒᆞ오나 엇지 허언을 ᄒᆞ리잇고 지금의 슈

작이 난만ᄒᆞ오니 한가지로 가시면 자연 알으시리이다 왕비 묵연 양구의 시비를 거ᄂᆞ리

고 류 부인 침쇼의 니르니 밤이 졍히 삼경이라 류 부인이 잠이 드럿더니 왕비 불을 밝히고

류 부인 침쇼의 드러가니 과연 엇던 놈이 ᄯᅱ여 ᄂᆡ다라 복록을 ᄎᆞ 바리고 후원으로 다라나

거ᄂᆞᆯ 왕비 ᄃᆡ경ᄒᆞ야 인ᄉᆞ를 찰이지 못ᄒᆞ다가 노긔 ᄃᆡ발ᄒᆞ야 시비를 호령ᄒᆞ야 잡ᄋᆞ ᄭᅳᆯ니

라 ᄒᆞ시니 시비 다라드러 류 부인을 잡아ᄭᅳᆯ ᄉᆡ ᄎᆞ시 류 부인이 잠결의 놀나 ᄭᆡ다르니 시비

"충렬 부인은 이러할 리 만무하니 네가 잘못 보았도다."

하고 꾸짖으니 복록이 할 말이 없어 나왔다가 다시 들어가 고하되

"아까 잘못 보았다 꾸짖으시기로 다시 가 보오니 분명한 남자라. 어떠한 놈과 동침하여 희락이 낭자하오니 내 말을 믿지 아니 하시거든 친히 가 보옵소서."

왕비가

"네 분명히 보았느냐?"

하니 복록이 다시 고하기를

"아무리 우매하오나 어찌 허언(虛言)을 하겠습니까? 지금 수작이 난만하오니 한가지로 가시면 자연 알으시리이다."

왕비가 말없이 한참 있다가 시비를 거느리고 유 부인 침소에 이르니 밤이 정히 삼경이라. 유 부인이 잠이 들었더니 왕비가 불을 밝히고 유 부인 침소에 들어가니 과연 어떤 놈이 뛰어 내달아 복록을 차 버리고 후원으로 달아나거늘 왕비가 대경하여 인사를 차리지 못하다가 노기 대발하여 시비를 호령하여 잡아 꿇리라 하시니 시비가 달려들어 유 부인을 잡아가니 이때 유 부인이 잠결에 놀라 깨달으니 시비가

다라드러 잡ᄋᆞ 계ᄒᆞ의 ᄭᅮᆯ니는지라 류 부인이 정신이 식막ᄒᆞ더
니 왕비 여셩 왈 너는 일국
정승의 부인으로 ᄉᆞ롬이 감히 우러러 보도 못ᄒᆞ거늘 네 무어시
부족ᄒᆞ야 여ᄎᆞ 간음지ᄉᆞ
를 힝ᄒᆞ야 왕공의 집을 망케 ᄒᆞ니 네 죄는 친히 본 비라 발명치
못ᄒᆞᆯ 거시니 열 번 쥭어도
앗갑지 아니ᄒᆞ도다 ᄒᆞ니 류씨 겨우 인ᄉᆞ를 찰혀 왈 쳡이 죄를
아지 못ᄒᆞ오니 죄나 ᄋᆞ라지
이다 왕비 더욱 ᄃᆡ로 왈 엇지 죄를 모로노라 ᄒᆞᄂᆞ뇨 쳔하의
살니지 못ᄒᆞᆯ 거슨 음녀로다 ᄒᆞ
고 복록을 호령ᄒᆞ여 큰 칼을 씨워 ᄂᆡ옥의 엄히 가도고 안흐로
드러가니 류씨 ᄒᆞᆯ 일 업셔 옥
즁의 드러가 가슴을 두다리며 시비 금셤을 불너 죄명을 무러
알고 진정ᄒᆞ야 닐오ᄃᆡ 니러
ᄒᆞ면 나의 죄를 엿지 버셔날고 다만 승상의 ᄭᅵ친 바 혈육이
세상의 ᄂᆞ지 못ᄒᆞ고 쥭으면 그

달려들어 잡아 층계 아래에 꿇리는지라. 유 부인이 정신이 삭막하더니 왕비가 성이 나서 큰 소리로 말하기를

"너는 일국 정승의 부인으로 사람이 감히 우러러 보지도 못하거늘 네 무엇이 부족하여 이러한 간음지사(姦淫之事)를 행하여 왕공(王公)의 집을 망하게 하니 네 죄는 친히 본 바라. 발명치 못할 것이니 열 번 죽어도 아깝지 아니하도다."

하니 유씨 겨우 인사를 차려 말하기를

"첩이 죄를 알지 못하오니 죄나 알고 싶습니다."

왕비 더욱 대로하여 말하기를

"어찌 죄를 모르노라 하느뇨? 천하에 살리지 못할 것은 음녀로다."

하고 복록을 호령하여 큰 칼을 씌워 내사옥(內司獄)에 엄히 가두고 안으로 들어가니 유씨 할 일 없어 옥중에 들어가 가슴을 두드리며 시비 금섬을 불러 죄명을 물어 알고 진정하여 이르되

"이러하면 나의 죄를 어찌 벗어날꼬? 다만 승상의 끼친바 혈육이 세상에 나지 못하고 죽으면

거시 유한이로다 ᄒᆞ고 방셩ᄃᆡ곡ᄒᆞ며 슈건을 ᄂᆡ여 결항ᄒᆞ려 ᄒᆞ

더니 다시 ᄉᆡᆼ각ᄒᆞ되 ᄂᆡ 이

제 쥭으면 나의 무죄ᄒᆞ믈 뉘 알니오 ᄋᆞ모죠록 세상의 부지ᄒᆞ야

루명을 신셜ᄒᆞ고 쥭으리

라 ᄒᆞ고 다만 호곡ᄒᆞ다가 긔절ᄒᆞ니 금셤이 뫼셧다가 놀나 븟드

러 급히 구호ᄒᆞ니 이윽고

회ᄉᆡᆼᄒᆞ거ᄂᆞᆯ 금셤이 위로 왈 부인이 이제 쥭ᄉᆞ오면 더러온 악명

을 면치 못ᄒᆞᆯ 거시오니 ᄋᆞ

직 일을 보ᄋᆞ가며 ᄉᆞᄉᆡᆼ을 결단ᄒᆞ옵쇼셔 부인이 니로ᄃᆡ 네 말이

가장 올흐나 불측ᄒᆞᆫ 말을

듯고 엇지 일시를 세상의 쳐ᄒᆞ리오 ᄒᆞ고 다시 자결ᄒᆞ려 ᄒᆞ거ᄂᆞᆯ

금셤이 말단긔유ᄒᆞ니 부

인이 침음ᄒᆞ다가 왈 네 비록 텬비ᄂᆞ 나의 무죄ᄒᆞ믈 불상이 녀

겨 이러틋 위로ᄒᆞ니 금세의

드믄 즁비로다 연이나 날을 위ᄒᆞ야 양칙을 ᄉᆡᆼ각ᄒᆞ야 나의 무죄

ᄒᆞᆷ을 변ᄇᆡᆨᄒᆞ믈 바라노라

금셤이 하직고 졔 집으로 도라가니라 ᄎᆞ하를 보시오 차셜 금셤

이 졔 집의 도라와 졔 부모

그것이 유한(遺恨)이로다."

하고 방성대곡하며 수건을 내어 결항하려 하더니 다시 생각하되

'내 이제 죽으면 나의 무죄함을 누가 알리오? 아무쪼록 세상에 부지하여 누명을 씻어 버리고 죽으리라.'

하고 다만 호곡하다가 기절하니 금섬이 뫼셨다가 놀라 붙들어 급히 구호하니 이윽고 회생하거늘 금섬이 위로하기를

"부인이 이제 죽사오면 더러운 악명(惡名)을 면치 못할 것이오니 아직 일을 보아가며 사생을 결단하옵소서."

부인이 이르되

"네 말이 가장 옳으나 불측한 말을 듣고 어찌 일시(一時)를 세상에 처하리오?"

하고 다시 자결하려 하거늘 금섬이 만단개유(萬端改諭)하니 부인이 침음(沈吟)하다가 말하기를

"네 비록 천비나 나의 무죄함을 불쌍히 여겨 이렇듯 위로하니 금세에 드문 충비로다. 그러하나 나를 위하여 좋은 방책을 생각하여 나에 무죄함을 변백(辨白)함을 바라노라."

금섬이 하직하고 제 집으로 돌아가니라.

차하(且下)를 보시오.

이때 금섬이 제 집에 돌아와 제 부모더러

29

다려 부인의 ᄒᆞ던 슈말을 낫낫치 젼ᄒᆞ니 졔 부뫼 ᄎᆞᆷ혹히 넉여 ᄀᆞᆯ오ᄃᆡ 너는 ᄋᆞ모죠록 계교

베펴 부인을 살녀ᄂᆡ라 금셤 왈 류 부인이 명일에는 형장 ᄋᆞᄅᆡ 곤욕을 당ᄒᆞ시리니 다만 구

ᄒᆞ야 낼 계교 잇ᄉᆞ오ᄃᆡ ᄒᆡᆼ장이 업스미 한니로다 그 어미 닐오ᄃᆡ ᄒᆡᆼ장이 잇스면 네 무슴 슈

단으로 구코져 ᄒᆞ는다 금셤이 ᄃᆡ 왈 오라비가 일일의 오ᄇᆡᆨ리식 단닌다 ᄒᆞ오니 ᄒᆡᆼ장곳 잇

ᄉᆞ오면 부인의 셔간을 가지고 승상 로야 진즁의 가오면 능히 살닐 도리 잇ᄂᆞ이다 그 부뫼

ᄀᆞᆯ오ᄃᆡ ᄒᆡᆼ장이 무어시 어려오리오 네 말ᄃᆡ로 ᄒᆡᆼ장을 찰혀 쥴 거시니 아모죠록 츙렬 부

인이 무ᄉᆞ케 ᄒᆞ라 금셤이 ᄃᆡ희ᄒᆞ야 즉시 옥즁에 드러가 부인을 보고 졔 부모와 문답ᄒᆞ던

말을 고ᄒᆞ고 셔찰를 쳥한ᄃᆡ 부인 왈 네 오라비 날를 살니고ᄌᆞ ᄒᆞ니 ᄎᆞ은을 엇지 다 갑흐리

부인의 하던 수말을 낱낱이 전하니 제 부모가 참혹히 여겨 가로되

"너는 아무쪼록 계교를 베풀어 부인을 살려내라."

금섬이 말하기를

"유 부인이 내일은 형장 아래에서 곤욕을 당하시리니 다만 구하여 낼 계교 있사오되 행장이 없어 한이로다."

그 어미 이르되

"행장이 있으면 네 무슨 수단으로 구하고자 하느냐?"

금섬이 대답하기를

"오라비가 일일에 백 리씩 다닌다 하오니 행장만 있사오면 부인의 서간을 가지고 승상 노야 진중에 가오면 능히 살릴 도리 있나이다."

그 부모 가로되

"행장이 무엇이 어려우리오? 네 말대로 행장을 차려 줄 것이니 아무쪼록 충렬 부인이 무사케 하라."

금섬이 대희하여 즉시 옥중에 들어가 부인을 보고 제 부모와 문답하던 말을 고하고 서찰을 청하니 부인이 말하기를

"네 오라비가 나를 살리고자 하니 이 은혜를 어찌 다 갚으리오?"

오 언파의 눈물을 흘니며 셔간을 닥가 쥬거늘 금셤이 바다가지
고 ᄂᆞ와 졔 오라비 호텰을
불너 편지를 쥬며 ᄉᆞ셰 급박ᄒᆞ니 너는 쥬야비도ᄒᆞ야 단녀오라
황셩의셔 셔평관이 삼천
여 리니 부ᄃᆡ 죠심ᄒᆞ야 단녀오라 ᄒᆞ고 옥즁의 드러가 호철 보
ᄂᆡᆫ ᄉᆞ연을 고ᄒᆞ고 왕비 침전
의 근시ᄒᆞ는 시비 월ᄆᆡ를 불너 왈 츙렬 부인의 춤혹ᄒᆞᆫ 일을
너도 알녀니와 우리 등이 아모
조록 살녀ᄂᆡ미 엇더 ᄒᆞ뇨 월ᄆᆡ 왈 엇지 ᄒᆞ면 살녀 ᄂᆡ리오 셤이
ᄃᆡ 왈 명일 아춤이 되면 왕비
상쇼ᄒᆞ여 쥭일 거시니 우리는 관계치 아니ᄒᆞ나 츙렬 부인이
무죄히 쥭으리니 불상ᄒᆞ시
고 ᄯᅩᄒᆞᆫ 복즁의 승상의 혈육이 앗갑도다 인ᄒᆞ야 츙렬 부인에
젼어를 셜파ᄒᆞ고 왈 이졔 옥
문 열쇠가 왕비 계신 침젼의 잇다 ᄒᆞ니 드러가 도젹ᄒᆞ야 쥬믈
바라노라 월ᄆᆡ 응낙고 가더
니 이윽고 열쇠를 가져왓거날 금셤 왈 너는 여ᄎᆞ여ᄎᆞ ᄒᆞ라 월
ᄆᆡ 눈물을 흘녀 왈 나는 너 가

말을 마치고 눈물을 흘리며 서간을 닦아 주거늘 금섬이 받아 가지고 나와 제 오라비 호철을 불러 편지를 주며

"사세 급박하니 너는 주야배도하여 다녀오라. 황성에서 서평관이 삼천여 리니 부디 조심하여 다녀오라."

하고 옥중에 들어가 호철을 보낸 사연을 고하고 왕비 침전에 근시하는 시비 월매를 불러 말하기를

"충렬 부인의 참혹한 일을 너도 알거니와 우리 등이 아무쪼록 살려냄이 어떠하겠는가?"

월매 말하기를

"어찌하면 살려 내리오?"

섬이 대답하기를

"내일 아침이 되면 왕비가 상소하여 죽일 것이니 우리는 관계치 아니하나 충렬 부인이 무죄히 죽으리니 불쌍하시고 또한 복중에 있는 승상의 혈육이 아깝도다."

인하여 충렬 부인의 전어(傳語)를 설파(說破)하고 말하기를

"이제 옥문 열쇠가 왕비 계신 침전에 있다 하니 들어가 도적하여 주기를 바라노라."

월매가 응낙하고 가더니 이윽고 열쇠를 가져왔거늘 금섬이 말하기를

"너는 여차여차하라."

월매가 눈물을 흘려 말하기를

"나는 너

30

르친 디로 ᄒᆞ려니와 네 부모를 엇지ᄒᆞ고 몸을 바리려 ᄒᆞ는다
금셤이 탄 왈 우리 부모는 나
의 동싱이 여러히니 현마 부모의 경상이 편치 못ᄒᆞ리오 ᄉᆞ롬이
셰상의 나미 장부는 닙신
양명ᄒᆞ여 나라흘 셤기다가 난셰를 당ᄒᆞ면 츙셩을 다ᄒᆞ야 쥭기
를 무릅써 님군을 도으미
직분이오 노쥬간은 샹젼이 급ᄒᆞᆫ 닐이 잇시면 몸이 맛도록 셤기
다가 쥭는 거시 당연ᄒᆞ니
닉 이리ᄒᆞ는 거슨 나에 직분을 다ᄒᆞ미니 너는 말니지 말나 부
디 닉 말디로 시힝ᄒᆞ야 부인
을 잘 보호ᄒᆞ라 ᄒᆞ고 옥문을 열고 월믹와 한가지로 드러가 고
왈 부인은 쌀니 나오소셔 부
인 왈 너는 어디로 가ᄌᆞ ᄒᆞ는다 금셤이 디 왈 일이 급박ᄒᆞ니
밧비 나옵소셔 부인이 비례믈
알되 ᄋᆡ미이 쥭으미 원통ᄒᆞᆫ지라 이의 나올ᄉᆡ 월믹는 부인을
뫼시고 나오디 금셤은 도로

가르친 대로 하려니와 네 부모를 어찌하고 몸을 버리려 하느냐?"

금섬이 탄식하여 말하기를

"우리 부모에게는 내 동생들이 여럿 있으니, 설마 부모의 상황이 편치 못하겠는가? 사람이 세상에 나매 장부는 입신양명하여 나라를 섬기다가 난세를 당하면 충성을 다하여 죽기를 무릅써 임금을 돕는 것이 직분이오. 종과 주인 간은 상전이 급한 일이 있으면 몸이 다하도록 섬기다가 죽는 것이 당연하니 내 이리하는 것은 나의 직분을 다함이니 너는 말리지 말라. 부디 내 말대로 시행하여 부인을 잘 보호하라."

하고 옥문을 열고 월매와 한가지로 들어가 고하기를

"부인은 빨리 나오소서."

부인이 말하기를

"너는 어디로 가자고 하는 것이냐?"

금섬이 대답하기를

"일이 급박하니 바삐 나옵소서."

부인이 비례(非禮)를 알되 애매히 죽음이 원통한지라. 이에 나올새 월매는 부인을 모시고 나오되 금섬은 도로

옥으로 드러가니 부인이 괴히 너기ᄂᆞ 뭇지 못ᄒᆞ고 월미를 ᄯᅡ라 한 곳의 니르니 월미 부인
을 인도ᄒᆞ야 지함 속의 감초고 왈 니목이 번거ᄒᆞ오니 말숨을 마르시고 죵말을 기다리소
셔 ᄒᆞ더라 어시의 금셤이 옥즁의 드러가 ᄇᆡᆨ포 슈건으로 목을 ᄆᆡ여 ᄌᆞᄂᆞᆫ 다시 죽엇는지라
월미 이를 보고 마음의 ᄯᅥᆯ녀 놀납고 정신이 비월ᄒᆞ야 슬푸믈 먹음고 가숨을 두다리며 눈
물을 흘니다가 홀 일 업셔 얼골을 두로 ᄊᆞ가 혈흔을 ᄂᆡ며 남이 아라보지 못ᄒᆞ게 ᄒᆞ고 혈서
를 쓴 거슬 옷고름의 차이고 옥문을 젼갓치 잠으고 열쇠는 젼의 두엇던 곳의 두엇더니 ᄎᆞ
시 왕비 됴 부인을 불너 샹소를 지어놋코 노복을 불너 옥문을 열고 류 부인을 잡ᄋᆞᄂᆡ라 ᄒᆞ
니 옥졸이 명을 듯고 드러가 보니 부인이 임의 ᄇᆡᆨ깁으로 목을 ᄆᆡ여 ᄌᆞ쳐ᄒᆞ엿시니 혈흔이
낭ᄌᆞᄒᆞ야 보기의 츔혹ᄒᆞ거날 불승황겁ᄒᆞ야 ᄌᆞ셔이 보니 옷고름의 혈셔 쓴 조희를 ᄆᆡ엿

옥으로 들어가니 부인이 괴히 여기나 묻지 못하고 월매를 따라 한 곳에 이르니 월매가 부인을 인도하여 지함 속에 감추고 말하기를

"이목(耳目)이 번거하오니 말씀을 마시고 종말을 기다리소서."

하더라. 어시(於是)에 금섬이 옥중에 들어가 백포 수건으로 목을 매어 자는 듯이 죽었는지라. 월매가 이를 보고 마음에 떨려 놀랍고 정신이 비월(飛越)하여 슬픔을 머금고 가슴을 두드리며 눈물을 흘리다가 하릴없어 얼굴을 두루 깎아 혈흔을 내며 남이 알아보지 못하게 하고 혈서를 쓴 것을 옷고름에 채우고 옥문을 전같이 잠그고 열쇠는 전에 두었던 곳에 두었더니, 이때 왕비가 조 부인을 불러 상소를 지어놓고 노복을 불러 옥문을 열고 유 부인을 잡아내라 하니, 옥졸이 명을 듣고 들어가 보니 부인이 이미 흰 비단으로 목을 매어 자처하였으니 혈흔이 낭자하여 보기에 참혹하거늘 황겁함을 이기지 못하여 자세히 보니 옷고름에 혈서 쓴 종이를 매었거늘

31

거날 황망이 글너 가지고 나와 왕비긔 부인의 ᄌᆞ결ᄒᆞ심을 고ᄒᆞ
고 혈셔를 드리니 왕비 더
경ᄒᆞ야 혈셔를 ᄧᅧ혀보니 그 글의 ᄒᆞ엿시되
박명인싱 류씨는 슬푼 소회를 천지신명긔 고ᄒᆞᄂᆞ이다 슬푸다
부모의 싱륙구로지은57)이
바다히 엿고 산이 가ᄇᆡ여온지라 십오 셰의 승샹을 만나 악명은
무슴 일고 쥭은 지 삼 년만
의 원이 깁헛더니 다시 회싱ᄒᆞ기는 황샹의 널부신 덕턱과 왕비
의 셩덕과 승샹의 활달더
도ᄒᆞ신 은덕으로 일월셩신과 후토신령의게 발원ᄒᆞ야 다시 인
연을 ᄆᆡ졋더니 가지록 팔
직 무상ᄒᆞ야 원통ᄒᆞᆫ 악명을 무릅써 쥭으니 하날이 졍ᄒᆞ신 슈를
도망키 어럽도다 쳡은 죄
악이 심즁ᄒᆞ야 쥭거니와 유모 부쳐는 무슴 죄로 가도왓는고
슬푸다 지하의 무슴 면목으
로 부모긔 뵈오리오 다만 복즁의 ᄭᅵ친 바 승샹의 혈륙이 어미
죄로 셰샹의 나지 못ᄒᆞ고 쥭
으니 한 조각 한이 깁도다 ᄒᆞ엿더라

황망히 끌러 가지고 나와 왕비께 부인의 자결하심을 고하고 혈서를 드리니 왕비가 대경하여 혈서를 떼어보니 그 글에 하였으되

박명(薄命)한 인생 유씨는 슬픈 소회를 천지신명께 고하나이다. 슬프다. 부모의 생육구로지은(生育劬勞之恩)이 바다가 얕고 산이 가벼운지라. 십오 세에 승상을 만나 악명은 무슨 일인고? 죽은 지 삼 년만에 원(寃)이 깊었더니 다시 회생하기는 황상의 넓으신 덕택과 왕비의 성덕과 승상의 활달대도(豁達大度)하신 은덕으로 일월성신과 후토 신령에게 발원하여 다시 인연을 맺었더니 갈수록 팔자가 무상하여 원통한 악명을 무릅써 죽으니 하늘이 정하신 수(數)를 도망키 어렵도다. 첩은 죄악이 심중하여 죽거니와 유모 부처는 무슨 죄로 가두었는고? 슬프다. 지하에 무슨 면목으로 부모께 뵈오리오? 다만 뱃속의 끼친바 승상의 혈육이 어미 죄로 세상에 나지 못하고 죽으니 한 조각 한이 깊도다.

왕비 보기를 맛치미 도로혀 참혹ᄒᆞ야 염습을 극진이 ᄒᆞ야 안장

ᄒᆞ고 유모와 시비를 다 노

ᄒᆞ니 유모 부뷔 부인을 ᄉᆡᆼ각ᄒᆞ고 편지를 부르지져 통곡ᄒᆞ니

그 참혹ᄒᆞ믈 이로 측량치 못

ᄒᆞᆯ너라 이젹의 금련이 옥졸의 말을 드르니 셔로 닐너 왈 츙렬

부인이 미식으로 텬하의 유

명ᄒᆞ다 ᄒᆞ더니 이번의 본즉 슈족도 곱지 아니ᄒᆞ고 잉틔 칠삭이

라 ᄒᆞ되 ᄇᆡ 부르지 아니ᄒᆞ

니 괴이ᄒᆞ다 ᄒᆞ거날 금년이 이 말을 듯고 의심ᄒᆞ야 됴씨긔 이

연유를 고ᄒᆞ니 됴녜 이 말을

듯고 왕비긔 엿ᄌᆞ온ᄃᆡ 왕비 듯고 괴히 너겨 그 무덤을 파고

보니 과연 류 부인이 아니오 시

비 금셤일시 분명ᄒᆞᆫ지라 왕비 ᄃᆡ로ᄒᆞ야 옥졸을 잡ᄋᆞ드려 국문

ᄒᆞᆫᄃᆡ 옥졸이 무죄ᄒᆞ믈 발

하였더라. 왕비가 보기를 마치매 도리어 참혹하여 염습을 극진히 하여 안장하고 유모와 시비를 다 놓으니 유모 부부가 부인을 생각하고 천지를 부르짖어 통곡하니 그 참혹함을 이루 측량하지 못할러라.

이때에 금련이 옥졸의 말을 들으니 서로 일러 말하기를

"충렬 부인이 미색으로 천하에 유명하다 하더니 이번에 본즉 수족도 곱지 아니하고 잉태한지 칠 개월이라 하되 배부르지 아니하니 괴이하다."

하거늘 금련이 이 말을 듣고 의심하여 조씨께 이 연유를 고하니 조녀 이 말을 듣고 왕비께 여쭈온대 왕비가 듣고 괴히 여겨 그 무덤을 파고 보니 과연 유 부인이 아니요, 시비 금섬임이 분명한지라. 왕비가 대로하여 옥졸을 잡아들여 국문하니 옥졸이 무죄함을

32

명ᄒᆞ거날 왕비 여셩 왈 류 부인이 옥즁의 갓쳐실 졔 시비 등의 왕ᄂᆡᄒᆞ믈 여등이 알 써시니

은휘치 말고 바로 알외라 만일 ᄐᆡ만ᄒᆞ미 잇시면 형벌을 면치 못ᄒᆞ리라 옥졸이 다시 고ᄒᆞ

되 금셤과 월ᄆᆡ 두 시비만 왕ᄂᆡᄒᆞ엿고 다른 ᄉᆞ롬은 보지 못ᄒᆞ엿ᄂᆞ이다 왕비 쳥파의 ᄃᆡ로

ᄒᆞ야 금셤의 부모를 부르고 월ᄆᆡ를 잡ᄋᆞ드리라 ᄒᆞ야 문 왈 여등이 류 부인을 ᄲᅢ혀다가 어

ᄃᆡ 두고 ᄯᅩ 쳐음의 흉악ᄒᆞᆫ 놈을 통간ᄒᆞ엿시니 여등은 알지라 그 놈이 엇더ᄒᆞᆫ 놈이며 류 부

인은 어ᄃᆡ로 보ᄂᆡ엿ᄂᆞ뇨 바로 알외라 ᄒᆞ고 엄형 츄문ᄒᆞ니 금셤의 부모는 젼혀 모로는 일

이라 다만 고 왈 장하의 죽ᄉᆞ와도 아지 못ᄒᆞ오니 죽어지라 ᄒᆞ거날 왕비 더옥 노ᄒᆞ야 국문

ᄒᆞ되 월ᄆᆡ 혀를 씨무러 죽기를 ᄉᆞ양치 아니ᄒᆞ니 왕비 노긔 츙텬ᄒᆞ야 금셤의 부모를 옥의

가도고 월ᄆᆡ는 다시 형벌을 갓초와 불노 지지되 승복지 아니ᄒᆞ니 ᄒᆞᆯ 일 업셔 도로 옥의 가

발명하거늘 왕비가 성이나 큰 소리로 말하기를

"유 부인이 옥중에 갇혔을 때 시비 등이 왕래한 것을 너희가 알 것이니 은휘(隱諱)치 말고 바로 아뢰라. 만일 태만함이 있으면 형벌을 면치 못하리라."

옥졸이 다시 고하되

"금섬과 월매 두 시비만 왕래하였고 다른 사람은 보지 못하였나이다."

왕비가 듣기를 다한 후에 대로하여 금섬의 부모를 부르고 월매를 잡아들이라 하여 묻기를

"너희가 유 부인을 빼어다가 어디 두고 또 처음의 흉악한 놈을 통간(通姦)하였으니 너희는 알 것이라. 그 놈이 어떠한 놈이며 유 부인은 어디로 보내었느뇨? 바로 아뢰라."

하고 엄형 추문하니 금섬의 부모는 전혀 모르는 일이라. 다만 고하여 말하기를

"장하(杖下)에 맞아 죽사와도 알지 못하오니 죽을지라."

하거늘 왕비 더욱 노하여 국문하되 월매가 혀를 깨물어 죽기를 사양치 아니하니 왕비가 노기충천(怒氣衝天)하여 금섬의 부모를 옥에 가두고 월매는 다시 형벌을 갖추어 불로 지지되 승복하지 아니하니 하릴없어 도로 옥에 가두니라.

도니라 이적의 월미 류 부인을 디함 쇽의 넛코 밥을 슈건의 싸다가 겨우 련명ᄒᆞ더니 하로
는 긔운이 쇠진ᄒᆞ야 죽기의 님ᄒᆞ엿더니 믄득 히복ᄒᆞ니 여러 날 굴문 산뫼 엇지 살기를 바
라리오 정신을 슈습ᄒᆞ야 싱아를 보니 이곳 남ᄌᆞ어날 일희일비ᄒᆞ야 ᄎᆞ탄 왈 박명ᄒᆞᆫ 죄로
금셤이 죽고 월미 쏘ᄒᆞᆫ 쥭기의 니르럿시니 엇지 춤혹지 ᄋᆞ니리오 ᄒᆞ야 아히를 안코 닐오
ᄃᆡ 네가 살면 너 원슈를 갑흐려니와 이 지함 속의 드럿시니 뉘라셔 살니리오 ᄒᆞ며 목이 메
여 탄식ᄒᆞ니 그 부모의 춤혹홈과 슬푸믈 니로 칙량치 못ᄒᆞ너라 ᄎᆞ시 월미 독ᄒᆞᆫ 형벌을 당
ᄒᆞ고 옥 즁의 갓치엿시나 져의 괴로오믄 싱각지 아니ᄒᆞ고 도로혀 부인의 쥬리믈 잔인ᄒᆞ
여 탄식기를 마지 ᄋᆞ니ᄒᆞ더라 ᄎᆞ시 금셤의 오라비 류 부인의 글월을 가지고 쥬야비도ᄒᆞ

이때에 월매가 유 부인을 지함 속에 넣고 밥을 수건에 싸다 주어 겨우 연명하더니 하루는 기운이 쇠진(衰盡)하여 죽기에 임하였더니 문득 해산하니 여러 날 굶은 산모가 어찌 살기를 바라리오. 정신을 수습하여 태어난 아이를 보니 이 곧 남자이거늘 일희일비(一喜一悲)하여 탄식하고 한탄하기를

"박명한 죄로 금섬이 죽고 월매 또한 죽기에 이르렀으니 어찌 참혹하지 아니 하리오?"

하여 아이를 안고 이르되

"네가 살면 내 원수를 갚으려니와 이 지함 속에 들었으니 뉘라서 살리리오?"

하며 목이 메어 탄식하니 그 부모의 참혹함과 슬픔을 이루 측량치 못할러라.

이때 월매가 독한 형벌을 당하고 옥중에 갇히었으나 저의 괴로움은 생각지 아니하고 도리어 부인의 주림이 자닝하여 탄식하기를 마지아니하더라.

이때 금섬의 오라비가 유 부인의 글을 가지고 주야배도하여

33

야 셔평관의 다다라 진 밧게 업듸여 ᄃᆡ원수 노야 본ᄃᆡᆨ의셔 셔찰을 가지고 왓시믈 고ᄒᆞ니

ᄎᆞ시 원쉬 한 번 북 쳐 셔륭을 항복밧고 ᄇᆡᆨ셩을 진무ᄒᆞ며 ᄃᆡ연을 비셜ᄒᆞ야 삼군으로 즐길

ᄉᆡ 장졸이 희열ᄒᆞ야 승젼고를 울니며 즐기더라 일일은 원쉬 일몽을 어드니 츙렬 부인이

큰 칼을 쓰고 장하의 드러와 닐오ᄃᆡ 나는 팔ᄌᆡ ᄀᆡ박ᄒᆞ야 정렬의 음히를 입어 죽기의 님ᄒᆞ

엿시되 승상은 타연이 너기시니 인정이 ᄋᆞ니로소이다 ᄒᆞ거날 원쉬 다시 뭇고져 ᄒᆞ더니

문득 진 즁의 북소ᄅᆡ 자로 동ᄒᆞᄆᆡ 놀나 ᄭᆡ니 남가일몽이라 놀나고 몸이 ᄯᅥᆯ니여 니러ᄂᆞ니

군ᄉᆡ 편지를 드리거날 ᄀᆡ탁ᄒᆞ야 보니 류 부인 셔간이라 그 글의 ᄒᆞ엿시되

박명ᄒᆞᆫ 죄쳡은 두 번 절ᄒᆞ고 샹공 휘하의 올니나이다 쳡의 죄심즁ᄒᆞ야 세상을 바린 지 삼

년 만의 장군의 은덕을 닙ᄉᆞ와 ᄉᆞ라낫ᄉᆞ오니 환ᄉᆡᆼ지덕을 만분지일이나 갑흘가 바랏더

서평관에 다다라 진 밖에 엎드려 대원수 노야 본댁에서 서찰을 가지고 왔음을 고하니 이때 원수가 한 번 북을 쳐 서융에게 항복받고 백성을 진무하며 대연을 배설하여 삼군으로 즐길새, 장졸이 희열하여 승전고를 울리며 즐기더라.

하루는 원수가 일몽을 얻으니 충렬 부인이 큰 칼을 쓰고 장하(帳下)에 들어와 이르되

"나는 팔자가 기박하여 정렬에게 음해를 입어 죽기에 임하였으되 승상은 태연히 여기시니 인정이 아니로소이다."

하거늘 원수가 다시 묻고자 하더니 문득 진중에 북소리가 자주 동(動)하매 놀라 깨니 남가일몽이라. 놀라고 몸이 떨리어 일어나니 군사가 편지를 드리거늘 개탁하여 보니 유 부인의 서간이라. 그 글에 쓰여 있기를

박명한 죄첩은 두 번 절하고 상공 휘하에 올리나이다. 첩의 죄가 심중하여 세상을 버린 지 삼 년 만에 장군의 은덕을 입사와 살아났사오니 환생지덕을 만분지일이나 갚을까 바랐더니

니 여익이 미진ᄒᆞ와 지금 궁옥의 드러 명지죠셕이오니 박명지
인이 죽기는 셟지 ᄋᆞ니ᄒᆞ
되 복즁의 ᄭᅵ친 바 혈륙이 쳡의 죄로 세상의 나지 못ᄒᆞ고 한가
지 쥭ᄉᆞ오니 지하의 도라가
나 됴상의 뵈올 낫치 업습고 ᄯᅩ 장군을 만리 젼장의 보ᄂᆡ고
셩공ᄒᆞ야 슈히 도라오믈 기다
리옵더니 장군을 다시 뵈옵지 못ᄒᆞ고 쥭ᄉᆞ오니 눈을 감지 못ᄒᆞᆯ
지라 복원 샹공은 만슈무
강ᄒᆞ시다가 지하로 오시면 뵈올가 ᄒᆞ나이다 ᄒᆞ엿더라
원슈 보기를 다 못ᄒᆞ야 ᄃᆡ경ᄒᆞ야 급히 호쳘을 불너 무르니 호
쳘의 ᄃᆡ답이 분명치 못ᄒᆞ니
ᄃᆡ강 알지라 급히 즁군의 젼령ᄒᆞ되 본부의 급ᄒᆞᆫ 일이 잇셔 시
각이 밧부니 즁군 ᄃᆡ소사를
그ᄃᆡ의게 맛기ᄂᆞ니 나의 령을 어긔지 말고 힝군ᄒᆞ야 뒤를 좃치
라 부원쉬 쳥령ᄒᆞ거놀 원

여액(餘厄)이 미진하와 지금 궁옥(宮獄)에 들어 명재조석(命在朝夕)이오이니 박명한 사람이 죽기는 섧지 아니하되 복중에 끼친 바 혈육이 첩의 죄로 세상에 나지 못하고 한가지로 죽사오니 지하에 돌아가나 조상의 뵈올 낯이 없사옵고 또 장군을 만리 전장에 보내고 성공하여 쉬이 돌아옴을 기다리었더니 장군을 다시 뵈옵지 못하고 죽사오니 눈을 감지 못할지라. 엎드려 바라옵건대 상공은 만수무강하시다가 지하로 오시면 뵈올까 하나이다.

하였더라. 원수가 보기를 다 마치기도 전에 대경하여 급히 호철을 불러 물으니 호철의 대답이 분명치 못하니 대강 알지라. 급히 중군에 전령하되

본부에 급한 일이 있어 시각이 바쁘니 중군 대소사를 그대에게 맡기나니 나의 영을 어기지 말고 행군하여 뒤를 쫓으라.

부원수가 청령(聽令)하거늘

34

슈 이의 청총마을 치쳐 필마 단긔로 삼 일 만의 황셩의 득달ᄒᆞ
니라 ᄎᆞ시 됴씨 다시 형구를
베풀고 월미를 잡아 너여 형틀의 올녀 ᄆᆡ고 엄히 치죄ᄒᆞ며 류
부인의 간 곳을 무르되 종시
승복지 아니ᄒᆞ고 죽기를 ᄌᆡ촉ᄒᆞ는지라 됴씨 치다 못ᄒᆞ야 긋치
고 ᄎᆞ후의 혹 탄로홀가 겁
ᄒᆞ야 가만니 슈건으로 목을 ᄆᆡ여 거위 죽게 되엿더니 ᄯᅳᆺ밧게
승상이 필마로 드러와 말긔
나려 졍히 드러오더니 문득 보니 한 녀ᄌᆡ 빅목으로 목을 ᄆᆡ엿
거늘 놀나 ᄌᆞ세 보니 이곳 월
ᄆᆡ라 밧비 글너놋코 살펴보니 몸의 류혈이 낭ᄌᆞᄒᆞ야 정신을
모로는지라 즉시 약을 흘녀
너흐니 이윽ᄒᆞᆫ 후 정신을 찰혀 눈물을 흘니며 인ᄉᆞ를 찰이지
못ᄒᆞ니 승상이 불상이 녀겨
이의 약물노 구호ᄒᆞᄆᆡ 쾌히 졍신을 진정ᄒᆞ거늘 원쉬 연고를
ᄌᆞ셔이 무르니 월미 이에 금
셤 죽은 일과 류 부인이 피화ᄒᆞ야 지함 속의 계시믈 ᄌᆞ셔이
고ᄒᆞ니 승상이 분히ᄒᆞ야 급히

원수가 이에 청총마를 채찍질하여 필마단기(匹馬單騎)로 삼 일 만에 황성에 득달하니라.

이때 조씨가 다시 형틀을 차리고 월매를 잡아내어 형틀에 올려 매고 엄히 치죄하며 유 부인의 간 곳을 묻되 종시 승복하지 아니하고 죽기를 재촉하는지라. 조씨가 치다 못하여 그치고 차후에 혹 탄로할까 겁을 내어 가만히 수건으로 목을 매어 거의 죽게 되었더니 뜻밖에 승상이 필마로 들어와 말에서 내려 정히 들어오더니 문득 보니 한 여자가 백목으로 목을 매었거늘 놀라 자세히 보니 바로 월매라.

바삐 끌러 놓고 살펴보니 몸에 유혈이 낭자하여 정신을 모르는지라. 즉시 약을 흘려 넣으니 이슥한 후 정신을 차려 눈물을 흘리며 인사를 차리지 못하니 승상이 불쌍히 여겨 이에 약물로 구호하매 쾌히 정신을 진정하거늘 원수가 연고를 자세히 물으니 월매가 이에 금섬이 죽은 일과 유 부인이 화를 피하여 지함 속에 계심을 자세히 고하니 승상이 분하여 급히

월ᄆᆡ를 압세우고 굴항의 가 보니 류 부인이 ᄆᆡ월의 양식 ᄌᆞ뢰
ᄒᆞ믈 닙어 겨우 목숨을 보젼
ᄒᆞ다가 ᄆᆡᆺ ᄒᆡ복ᄒᆞᄆᆡ 복즁이 허ᄒᆞᆫ 즁 월ᄆᆡ 옥즁의 곤ᄒᆞᄆᆡ 엇지
양식을 ᄂᆡ으리오 여러 날을
졀곡ᄒᆞᄆᆡ 긔운이 쇠진ᄒᆞ고 지긔 일신의 ᄉᆞ못치니 몸이 부어
얼골이 변형ᄒᆞ야 능히 아라
볼 슈 업는지라 그 가련ᄒᆞ믈 엇지 다 측량ᄒᆞ리오 아ᄒᆡ와 부인
을 월ᄆᆡ로 보호ᄒᆞ라 ᄒᆞ고 ᄂᆡ
당의 드러가 왕비긔 뵈오니 왕비 크게 반겨 승상의 손을 잡고
왈 만리 젼장에 가 ᄃᆡ공을 셰
우고 무ᄉᆞ이 도라오니 노모의 마음이 즐겁기 측량업도다 그러
나 네 출젼 후 가ᄂᆡ의 불측
ᄒᆞᆫ ᄂᆡᆯ이 잇시니 그 통ᄒᆞᆫᄒᆞᆫ 말을 엇지 다 형언ᄒᆞ리오 ᄒᆞ고 츙렬
부인의 ᄌᆞ초지죵을 말ᄒᆞ니
승상이 고 왈 모친은 마음을 진졍ᄒᆞ옵소셔 쳐음의 츙렬의 방의
간뷔 잇시믈 엇지 아라시

월매를 앞세우고 구렁에 가 보니 유 부인이 월매의 양식에 의지하여 겨우 목숨을 보전하다가 해산하매 복중이 허한 중 월매가 옥중에 곤하매 어찌 양식을 이으리오? 여러 날을 절곡(絶穀)하매 기운이 쇠진하고 지기(地氣)가 일신에 사무치니 몸이 부어 얼굴이 변형되어 능히 알아볼 수 없는지라. 그 가련함을 어찌 다 측량하리오? 아이와 부인을 월매로 하여금 보호하라 하고 내당에 들어가 왕비께 뵈오니 왕비가 크게 반겨 승상의 손을 잡고 말하기를

"만리 전장에 가 대공을 세우고 무사히 돌아오니 노모의 마음이 즐겁기 측량없도다. 그러나 네가 출전한 후 가내(家內)에 불측(不測)한 일이 있으니 그 통한한 말을 어찌 다 형언하리오?"

하고 충렬 부인의 자초지종을 말하니 승상이 고하기를

"모친은 마음을 진정하옵소서. 처음에 충렬의 방에 간부 있음을 어찌 알았으리오마는

리오마는 노모의 셔亽촌 복녹이 와셔 이리이리 ᄒᆞ기로 아랏노
라 승상이 ᄃᆡ로ᄒᆞ야 복녹
을 차즈니 복녹이 간계 발각ᄒᆞᆯ가 두려 발셔 도쥬ᄒᆞ엿거ᄂᆞᆯ 승상
이 외당의 나와 형구를 비
셜ᄒᆞ고 옥졸을 잡으드려 국문ᄒᆞ되 여등이 옥 즁의 쥭은 시신니
츙렬 부인이 아닌 쥴 엇지
아랏시며 그 말을 누구다려 ᄒᆞ엿는다 은휘치 말고 바른 ᄃᆡ로
알외라 ᄒᆞᄂᆞᆫ 소ᄅᆡ 우뢰 갓흐
니 옥졸 등이 황겁ᄒᆞ야 고 왈 소인 등이 엇지 아랏시리잇가마
는 염습ᄒᆞᆯ ᄶᅵ의 보오니 얼골
과 손길이 곱지 못ᄒᆞ야 부인과 다르믈 소인 등이 의심ᄒᆞ야 셔
로 말ᄒᆞᆯ 젹의 졍렬 부인 시비
금련이 맛참 지나다가 듯고 뭇기의 소인이 안면의 구ᄋᆡᄒᆞ야
말ᄒᆞ고 향혀 누셜치 말나 당
부ᄒᆞ올 ᄲᅳᆫ이오 후일은 아지 못ᄒᆞ나이다 승상이 쳥파의 ᄃᆡ로ᄒᆞ
야 칼을 ᄲᅢ여 셔안을 치며
좌우를 ᄭᅮ지져 금련을 밧비 잡아드리라 호령ᄒᆞ니 노복 등이
황황ᄒᆞ야 금년을 족불리디58)

노모의 서사촌(庶四寸) 복록이 와서 이리이리하기로 알았노라."

승상이 대로하여 복록을 찾으니 복록이 간계가 발각될까 두려워하여 벌써 도주하였거늘 승상이 외당에 나와 형틀을 배설하고 옥졸을 잡아들여 국문하되

"너희들이 옥중의 죽은 시신이 충렬 부인이 아닌 줄 어찌 알았으며 그 말을 누구더러 하였느냐? 은휘치 말고 바른대로 아뢰라."

하는 소리 우레와 같으니 옥졸들이 황겁하여 고하기를

"소인들이 어찌 알았겠습니까마는 염습할 때에 보니 얼굴과 손길이 곱지 못하여 부인과 다름을 소인 등이 의심하여 서로 말할 적에 정렬 부인의 시비 금련이 마침 지나다가 듣고 묻기에 소인이 안면에 얽매여 말하고 행여 누설치 말라 당부하올 뿐이요, 후일은 알지 못하나이다."

승상이 들은 후 대로하여 칼을 빼어 서안을 치며 좌우를 꾸짖어

"금련을 바삐 잡아들이라."

호령하니 노복 등이 황황하여 금련을 족불리지(足不履地)로

ᄒᆞ야 게하의 ᄭᅮᆯ니니 승상이 고셩 문 왈 너는 옥졸의 말을 듯고 눌다려 말ᄒᆞᆫ다 금련이 혼불

부쳬[59] ᄒᆞ야 쥬 왈 졍렬 부인이 금은을 만히 쥬며 계교를 가르쳐 남복을 닙고 츙렬 부인 침소

의 드러가 병풍 뒤히 숨엇던 말과 졍렬 부인이 거즛 병든 쳬 ᄒᆞ오ᄆᆡ 츙렬 부인이 놀나 문병

ᄒᆞ고 탕약을 갈아드려 밤이 깁도록 구병ᄒᆞ시니 졍렬 부인이 병이 잠간 낫다 ᄒᆞ고 츙렬 부

인다려 그만 침소로 가소서 ᄒᆞ니 츙렬 부인이 마지 못ᄒᆞ야 침실노 도라가신 후 됴 부인이

셩복록을 쳥ᄒᆞ야 금은을 주고 왕비 침젼의 두 세 번 참소ᄒᆞ던 말을 ᄌᆞ초지죵을 낫낫치 고

ᄒᆞ니 왕비 앙텬탄식고 통곡ᄒᆞ야 왈 ᄂᆡ 불명ᄒᆞ야 악녀의 ᄭᅬ의 ᄲᅡ져 ᄋᆡᄆᆡᄒᆞᆫ 츙렬을 죽일 번

ᄒᆞ엿시니 무슴 낫ᄎᆞ로 현부를 ᄃᆡ면ᄒᆞ리오 ᄒᆞ고 슬허ᄒᆞ니 승상이 고 왈 이는 모친의 허물

계하(階下)에 꿇리니 승상이 고성으로 묻기를

"너는 옥졸의 말을 듣고 누구에게 말하였느냐?"

금련이 혼비백산하여 아뢰기를 정렬 부인이 금은을 많이 주며 계교를 가르쳐 남복을 입고 충렬 부인 침소에 들어가 병풍 뒤에 숨었던 일과 정렬 부인이 거짓 병든 체하매 충렬 부인이 놀라 문병하고 탕약을 갈아드려 밤이 깊도록 간병하시니 정렬 부인이 병이 잠깐 낫다 하고 충렬 부인더러 '그만 침소로 가소서.' 하니 충렬 부인이 마지못하여 침실로 돌아가신 후 조 부인이 성복록을 청하여 금은을 주고 왕비 침전에 두세 번 참소하던 말을 자초지종을 낱낱이 고하니 왕비가 하늘을 우러러 탄식하고 통곡하여 말하기를

"내 불명하여 악녀의 꾀에 빠져 애매한 충렬을 죽일 뻔하였으니 무슨 낯으로 현부를 대면하리오?"

하고 슬퍼하니 승상이 고하기를

"이는 모친의 허물이

이 아니시고 소즈의 졔가치 못ᄒᆞᆫ 죄오니 복망 모친은 심녀치 말르소셔 왕비 누슈를 거두

고 침셕의 누어 니지 아니ᄒᆞ니 승상이 지삼 위로ᄒᆞ고 즉시 됴씨를 잡아드려 게하의 쑬니

고 ᄃᆡ즐 왈 네 죄는 하늘 아릭 셔지 못ᄒᆞᆯ 죄니 닙으로 다 옴기지 못ᄒᆞᆯ지라 쥭기를 엇지 일시

나 요ᄃᆡ(60) ᄒᆞ리오마는 ᄉᆞᄉᆞ로이 쥭이지 못ᄒᆞ리니 텬ᄌᆞ긔 쥬달ᄒᆞ고 쥭이리라 됴씨 ᄋᆡ달아

갈오ᄃᆡ 쳡의 죄상이 임의 탄로ᄒᆞ얏시니 상공이 님의ᄃᆡ로 ᄒᆞ소셔 승상이 로ᄒᆞ야 큰 칼 씨

워 궁옥의 가둔 후 상소를 지어 텬졍의 올니니 그 글의 ᄒᆞ엿시되

승상 뎡을션은 돈슈ᄇᆡᆨ비ᄒᆞ옵고 셩상 탑하의 올니나이다 신이 황명을 밧ᄌᆞ와 한번 북쳐

셔융을 황복 밧고 ᄇᆡᆨ셩을 진무ᄒᆞ온 후 회군ᄒᆞ려 ᄒᆞ옵더니 신의 집 급ᄒᆞᆫ 소식을 듯고 밧비

올나와 보온즉 여ᄎᆞ여ᄎᆞᄒᆞᆫ 가변이 잇ᄉᆞ오니 엇지 붓그럽지 아니리잇가 ᄎᆞ식 비록 신의

아니옵고 소자가 집안을 다스리지 못한 죄오니, 바라옵건대 모친은 심려치 마소서."

왕비가 눈물을 거두고 침석에 누어 일어나지 아니하니 승상이 재삼 위로하고 즉시 조씨를 잡아들여 계하에 꿇리고 크게 꾸짖어 말하기를

"네 죄는 하늘 아래 서지 못할 죄니 입으로 다 옮기지 못할지라. 죽기를 어찌 일시나 용서하리오마는 사사로이 죽이지 못하리니 천자께 주달하고 죽이리라."

조씨가 애달파 가로되

"첩의 죄상이 이미 탄로되었으니 상공이 임의대로 하소서."

승상이 노하여 큰 칼을 씌워 궁옥에 가둔 후 상소를 지어 천정(天廷)에 올리니 그 글에 쓰여 있기를

승상 정을선은 돈수백배하옵고 성상 탑전에 올리나이다. 신이 황명을 받자와 한번 북쳐 서융에게 항복 받고 백성을 진무하온 후 회군하려 하옵더니 신의 집에 급한 소식을 듣고 바삐 올리와 본즉 여차여차한 가변(家變)이 있사오니 어찌 부끄럽지 아니하겠습니까? 이 일이 비록 신의

집일이오나 스스로 쳐단치 못ᄒᆞ와 이 연유를 자셔이 상달ᄒᆞ옵
ᄂᆞ니 원 폐하는 극형으로
국법을 쓰ᄉᆞ 죄ᄌᆞ를 밝히 다ᄉᆞ리시고 신의 집 시비 금셤이 상
젼을 위ᄒᆞ야 죽엇ᄉᆞ오니 그
원혼을 표장ᄒᆞ시믈 바라나이다 ᄒᆞ엿고 그 ᄭᅳᆺ히 류씨 디함의
드러 히복ᄒᆞ고 월미의 ᄎᆞᆼ의
를 힘닙어 연명 보젼ᄒᆞ얏시믈 셰셰이 주달ᄒᆞ엿더라
상이 남파의 ᄃᆡ경ᄒᆞ샤 ᄀᆞᆯᄋᆞ샤ᄃᆡ 승상 뎡을션이 국가의 ᄃᆡ공을
여러 번 세워 짐의 쥬셕지
신이라 가ᄂᆡ의 이런 히괴ᄒᆞᆫ 변이 잇시니 엇지 ᄒᆞᆫ심치 아니리오
이의 젼지ᄒᆞ샤 왈 졍렬과
금련의 죄상이 젼고의 ᄶᅡᆨ이 업스니 즉각 ᄂᆡ의 참ᄒᆞ라 ᄒᆞ시니
졔신이 주 왈 ᄎᆞ녀의 죄 즁ᄒᆞ
오나 됴왕의 ᄯᆞᆯ이오 승상의 부인이니 참형을 쓰시미 너모 과ᄒᆞ
오니 다시 젼교ᄒᆞ샤 집에

집일이오나 스스로 처단하지 못하여 이 연유를 자세히 상달하옵나니 원하옵건대 폐하는 극형으로 국법을 쓰시어 죄인을 밝히 다스리시고 신의 집 시비 금섬이 상전을 위하여 죽었사오니 그 원혼을 표창하시기 바라나이다.

하였고 그 끝에 유씨가 지함에 들어 해산하고 월매의 충의를 힘입어 연명 보전하였음을 세세히 주달하였더라. 상이 본 후에 대경하사 가라사대

"승상 정을선이 국가의 대공을 여러 번 세운 짐의 주석지신(柱石之臣)이라. 가내에 이런 해괴한 변이 있으니 어찌 한심(寒心)치 아니리오."

이에 왕명을 내려 말씀하시기를

"정렬과 금련의 죄상이 전고에 짝이 없으니 당장에 참수하라."

하시니 여러 신하들이 아뢰기를

"이 여인의 죄가 중하오나 조왕의 딸이요, 승상의 부인이니 참형(斬刑)을 쓰심이 너무 과하오니 다시 전교하사 집에서

37

셔 ᄉᆞ샤ᄒᆞ시미 올흘가 ᄒᆞ나이다 텬직 올히 녀기ᄉᆞ 비답을 나리
시되 짐이 덕이 부족ᄒᆞ야
경ᄉᆞ는 업고 변괴 니러나니 참괴ᄒᆞ도다 비록 그러ᄒᆞ나 정렬은
일국 승상의 부인이니 특
별이 약을 나리워 집의셔 죽게 ᄒᆞᄂᆞ니 경은 그리 알고 쳐ᄉᆞᄒᆞ
라 금셤과 월ᄆᆡ는 고금의 업
는 츙비니 충렬문을 셰워 후셰의 일홈이 낫타나게 ᄒᆞ라 ᄒᆞ시니
승상이 ᄉᆞ은 퇴궐ᄒᆞ야 즉
시 됴씨를 슈죄ᄒᆞ야 ᄉᆞ약ᄒᆞᆫ 후 금련은 머리을 버히고 그 나마
죄인은 경즁을 분간ᄒᆞ야 다
ᄉᆞ리고 금셤은 다시 관곽을 갓초와 례로 장ᄒᆞ고 졔 부모는 속
량ᄒᆞ야 의식을 후히 주어 살
니고 츙렬문을 셰워 쥬고 ᄉᆞ시로 향화를 밧들게 ᄒᆞ고 월ᄆᆡ는
금셤과 갓치ᄒᆞ야 츙렬 부인
집 안희 일좌 ᄃᆡ가를 셰우고 노비 젼답을 후히 주어 일ᄉᆡᆼ을
편케 제도ᄒᆞ니라 ᄎᆞ시 유모 부
뷔 실셩통곡ᄒᆞ며 집으로 단니다가 승상이 올나와 부인의 원통
ᄒᆞᆫ 누명을 신셜ᄒᆞ엿단 말

사사(賜死)하심이 옳을까 하나이다."

천자가 옳게 여기사 비답(批答)을 내리시되

> 짐이 덕이 부족하여 경사는 없고 변괴(變怪)가 일어나니 매우 참괴(慙愧)도다. 비록 그러하나 정렬은 일국 승상의 부인이니 특별히 약을 내려 집에서 죽게 하나니 경은 그리 알고 처리하라. 금섬과 월매는 고금에 없는 충비니 충렬문을 세워 후세에 이름이 나타나게 하라.

하시니 승상이 사은(謝恩)하고 퇴궐하여 즉시 조씨를 수죄(數罪)하여 사약한 후 금련은 머리를 베고 그 나머지 죄인은 경중을 분간하여 다스리고 금섬은 다시 관곽(棺槨)을 갖추어 예로써 장례하고 제 부모는 속량(贖良)하여 의식을 후히 주어 살리고 충렬문을 세워 주고 사시(四時)로 향화(香火)를 받들게 하고 월매는 금섬과 같이 하여 충렬 부인 집 안에 일좌(一座) 대가(大家)를 세우고 노비 전답을 후히 주어 일생을 편케 제도하니라.

이때 유모 부부가 실성통곡하며 집으로 다니다가 승상이 올라와 부인의 원통한 누명을 신설하였다는 말을

을 듯고 깃부믈 니긔지 못ᄒᆞ야 츔을 츄며 드러와 부인을 붓들고 통곡 왈 이거시 꿈인가 싱

신가 다시 부인을 차싱의 맛날 쥴을 뜻ᄒᆞ엿시리오 부인이 유모를 붓들고 목이 메여 말을

못ᄒᆞ다가 ᄀᆞᆯ오ᄃᆡ 어미는 그 ᄉᆞ이 어ᄃᆡ로 갓다가 이제야 오뇨 나는 셩상의 일월 갓흐신 셩

덕과 승상의 하히지덕을 닙어 ᄉᆞ익을 면ᄒᆞ엿시니 이졔 쥭으나 무한니로다 ᄒᆞ며 통곡ᄒᆞ

니 승샹이 위로 왈 이졔는 부인의 익운이 다 진ᄒᆞ고 양츈이 도라왓시니 셕ᄉᆞ를 싱각지 말

으소셔 뉴 부인이 칭ᄉᆞᄒᆞ고 즉시 왕비긔 드러가 쳥죄ᄒᆞᆫᄃᆡ 비참ᄒᆞ야 난두의 나려 부인의

손을 잡ᄋᆞ 왈 현뷔 무슴 죄를 쳥ᄒᆞᄂᆞ뇨 ᄂᆡ 불명ᄒᆞ야 현부를 ᄋᆡ미히 죽일 번 ᄒᆞ엿시니 나의

붓그러믈 싸흘 파고 들고자 ᄒᆞ며 아모리 뉘웃친들 무어시 유익ᄒᆞ리오 류 부인이 고 왈 소

듣고 기쁨을 이기지 못하여 춤을 추며 들어와 부인을 붙들고 통곡하여 말하기를

"이것이 꿈인가? 생신가? 다시 부인을 이생에서 만날 줄을 뜻하였으리오?"

부인이 유모를 붙들고 목이 메어 말을 못하다가 가로되

"어미는 그 사이에 어디로 갔다가 이제야 오느뇨? 나는 성상의 일월 같으신 성덕과 승상의 하해지덕을 입어 사액을 면하였으니 이제 죽으나 무한(無恨)이로다."

하며 통곡하니 승상이 위로하기를

"이제는 부인의 액운이 다 진하고 양춘(陽春)이 돌아왔으니 옛날 일을 생각하지 마소서."

유 부인이 칭사(稱謝)하고 즉시 왕비께 들어가 청죄하니 비 참하여 난두(欄頭)에 내려 부인의 손을 잡아 말하기를

"현부(賢婦)가 무슨 죄를 청하느뇨? 내 불명하여 현부를 애매히 죽일 뻔하였으니 나의 부끄럼을 땅을 파고 들고자 하며 아무리 뉘우친들 무엇이 유익하리오?"

유 부인이 고하기를

38

쳡이 젼싱의 죄 즁ᄒᆞ야 여러 번 괴히ᄒᆞᆫ 악명을 당ᄒᆞ오니 ᄎᆞ는
쳡의 불민ᄒᆞ미라 엇지 죤고
의 불명ᄒᆞ시미리잇고 연이나 승샹의 명달ᄒᆞ므로 쳡의 악명을
셜빅ᄒᆞ오니 엇지 깃부지
아니ᄒᆞ리잇고 인ᄒᆞ야 옥비의 향온을 가득 부어 ᄭᅮ러 드리고
강령의 슈를 츅ᄒᆞ니 승상이
ᄃᆡ희ᄒᆞ야 크게 잔치ᄒᆞ고 아ᄌᆞ의 일홈을 귀동이라 ᄒᆞ야 못ᄂᆡ
ᄉᆞ랑ᄒᆞ더라 승상이 치죄ᄒᆞ
기를 맛고 ᄎᆞ의를 황상ᄭᅴ 쥬달ᄒᆞᆫᄃᆡ 상이 친히 승상의 손을 잡
으시고 왈 짐이 경을 만리 젼
진의 보ᄂᆡ고 침식이 불안ᄒᆞ더니 경이 한번 ᄊᆞ화 큰 공을 셰우
고 무ᄉᆞ이 도라오니 국가의
만힝이라 경의 공을 무어스로 갑흐리오 ᄒᆞ시며 옥비의 향온을
부어 권ᄒᆞ시고 승상의 벼
살을 도도와 영승상 겸 텬하병마도총독을 ᄒᆞ이시고 병권을 맛
기시니 승상이 구지 ᄉᆞ양
ᄒᆞ되 상이 종 불윤ᄒᆞ시거ᄂᆞᆯ 승상이 ᄒᆞᆯ 일 업셔 집에 도라와
왕비ᄭᅴ 문안ᄒᆞ고 물너 류 부인

"소첩이 전생의 죄 중하여 여러 번 괴이한 악명을 당하오니 이는 첩의 불민함이라. 어찌 존고에 불명하심이겠습니까? 그러하나 승상의 명달(明達)함으로 첩의 악명을 설백(雪白)하오니 어찌 기쁘지 아니하겠습니까?"

인하여 옥배에 향온을 가득 부어 꿇어 드리고 강령의 수(壽)를 비니 승상이 대희하여 크게 잔치하고 아이의 이름을 귀동이라 하여 못내 사랑하더라.

승상이 치죄하기를 마치고 이 뜻을 황상께 주달하니 상이 친히 승상의 손을 잡으시고 말하기를

"짐이 경을 만리 전진에 보내고 침식이 불안하더니 경이 한 번 싸워 큰 공을 세우고 무사히 돌아오니 국가의 다행이라. 경의 공을 무엇으로 갚으리오?"

하시며 옥배에 향온을 부어 권하시고 승상의 벼슬을 돋우어 영승상 겸 천하병마도총독을 시키시고 병권을 맡기시니 승상이 군이 사양하되 상이 끝내 허락하지 아니하시거늘 승상이 하릴없어 집에 돌아와 왕비께 문안하고 물러나와 유 부인

침소의 니르니 부인이 니러 마ᄌᆞ 좌정 후 승상을 향ᄒᆞ야 왈 쳡이 고ᄒᆞᆯ 말ᄉᆞᆷ이 잇시나 상공 쳐분이 엇더ᄒᆞ실는지 감히 발셜치 못ᄒᆞᄂᆞ이다 승상이 문 왈 무ᄉᆞᆷ 말ᄉᆞᆷ인지 부부간의 어려오미 잇시리오 듯기를 원ᄒᆞ노라 부인이 ᄃᆡ 왈 다름이 아니오라 월ᄆᆡ의 은혜를 갑ᄒᆞᆯ 길이 업ᄉᆞ오미 승상의 총쳡을 ᄉᆞᆷ아 일실지ᄂᆡ의 ᄇᆡᆨ년을 ᄀᆞᆺ치ᄒᆞ면 은혜를 만분지일이나 갑ᄒᆞᆯ 듯ᄒᆞ오니 승상은 혜턱을 드리오ᄉᆞ 시칙의 두심을 바라나니다 승상이 미소 왈 부인이 엇지 망녕된 말을 ᄒᆞᄂᆞᆫ뇨 결단코 시힝치 못ᄒᆞ리니 다시 니르지 마소셔 부인이 여러 번 간쳥ᄒᆞ거ᄂᆞᆯ 승상이 마지 못ᄒᆞ야 월ᄆᆡ로 쳡을 ᄉᆞᆷ으니 류 부인이 동긔ᄀᆞᆺ치 ᄉᆞ랑ᄒᆞ더라 셰월이 여류ᄒᆞ야 금셥의 소긔를 당ᄒᆞᄆᆡ 부인이 졔물을 ᄀᆞᆺ초와 졔ᄒᆞ니 졔문의 ᄀᆞᆯ왓시되

침소에 이르니 부인이 일어나 맞아 좌정한 후 승상을 향하여 말하기를

"첩이 고할 말씀이 있으나 상공 처분이 어떠하실는지 감히 발설치 못하나이다."

승상이 묻기를

"무슨 말씀인지 부부간에 어려움이 있으리오? 듣기를 원하노라."

부인이 대답하기를

"다름이 아니오라 월매의 은혜를 갚을 길이 없사오매 승상의 총첩(寵妾)을 삼아 일실지내(一室之內)에 백년을 같이하면 은혜를 만분지일이나 갚을 듯하오니 승상은 혜택을 들게 하사 곁에서 모실 수 있게 두심을 바라나이다."

승상이 미소하기를

"부인이 어찌 망령된 말을 하느뇨? 결단코 시행치 못하리니 다시 이르지 마소서."

부인이 여러 번 간청하거늘 승상이 마지 못하여 월매로 첩을 삼으니 유 부인이 동기같이 사랑하더라.

세월이 여류하여 금섬이 소기(小朞)를 당하매 부인이 제물을 갖추어 제사를 지내니 제문에 가라사대

39

유세ᄎᆞ 모년 월 일의 츙렬 부인 류씨는 일비 쳥작으로 금셤 낭ᄌᆞ의게 올니노라 그ᄃᆡ 나의
잔명을 살녀ᄂᆡ여 승상을 다시 맛나 영화로이 지ᄂᆡ니 낭ᄌᆞ의 은혜와 츙렬이 아니면 ᄂᆡ 엇
지 복록을 누리리오 ᄎᆞ은을 ᄉᆡᆼ각ᄒᆞ면 ᄎᆞᄉᆡᆼ의 갑흘 길이 업스니 지하의 도라가 갑기를 바
라며 후ᄉᆡᆼ의 동긔되야 금세의 미진ᄒᆞᆫ 은혜 갑기를 원ᄒᆞ노니 밝은 졍령이 잇거든 흠양ᄒᆞ
라 ᄒᆞ엿더라
닑기를 긋치ᄆᆡ 일장을 통곡ᄒᆞ니 산쳔쵸목이 다 슬허ᄒᆞ더라 졔를 파ᄒᆞ고 도라와 금셤의
츙렬을 ᄉᆡ로이 ᄉᆡᆼ각ᄒᆞ며 못ᄂᆡ 잇지 못ᄒᆞ야 궁옥의 ᄀᆞᆺ쳣던 일을 ᄉᆡᆼ각고 금셤를 부르며 통
곡ᄒᆞ니 승상이 위로ᄒᆞ야 비회를 억졔ᄒᆞ더라 이러구러 귀동 공직 나히 십삼 세 되니 용뫼
특츌ᄒᆞ고 문필이 긔이ᄒᆞ니 승상이 ᄉᆞ랑ᄒᆞ야 경계 왈 금셤 곳 아니런들 네 엇지 세상의 ᄉᆞ
라나리오 ᄒᆞ고 ᄉᆡ로이 ᄉᆡᆼ각ᄒᆞ더라 ᄎᆞ시 ᄉᆞ방의 무ᄉᆞᄒᆞ고 ᄇᆡᆨ셩이 낙업ᄒᆞ니 텬직 죠셔를

유세차(維歲次) 모년 월일의 충렬 부인 유씨는 일배(一杯) 청작(淸酌)으로 금섬 낭자에게 올리노라. 그대는 나의 잔명(殘命)을 살려내어 승상을 다시 만나 영화로이 지내니 낭자의 은혜와 충렬이 아니면 내 어찌 복록을 누리리오? 이 은혜를 생각하면 이생에서 갚을 길이 없으니 지하에 돌아가 갚기를 바라며 후생에 동기(同氣) 되어 금세의 미진한 은혜를 갚기 원하노니 밝은 정령이 있거든 흠향하라.

하였더라. 읽기를 그치매 일장통곡하니 산천초목이 다 슬퍼하더라. 제사를 마치고 돌아와 금섬의 충렬을 새로 생각하며 못내 잊지 못하여 궁옥에 갇혔던 일을 생각하고 금섬을 부르며 통곡하니 승상이 위로하여 비회를 억제하더라.

이러구러 귀동 공자 나이 십삼 세 되니 용모가 특출하고 문필이 기이하니 승상이 사랑하여 경계하여 말하기를

"금섬이 아니었던들 네가 어찌 세상에 살아있으리오?"

하고 새로이 생각하더라.

이때 사방이 무사하고 백성이 낙업(樂業)하니 천자가 조서를

나려 인직를 빠실식 문무 과장을 여르시니 ᄉ방 션비 구름갓치 모힐식 ᄎ시 귀동이 과거

긔별을 듯고 쥬야 공부ᄒ여 만권시셔를 무불통지ᄒ니 당시 문장이라 과일이 불원ᄒ매

승상끠 드러가기를 고ᄒ니 승상이 허락ᄒ고 장즁제구를 찰혀쥬니라 귀동이 과장의 드

러가 글제를 기다려 시지를 펄치고 일필휘지ᄒ여 션장의 밧쳣더니 ᄎ시 텬직 친히 ᄭ노

실식 션장 글을 보시고 크게 칭찬ᄒ시며 장원을 졔슈ᄒ시고 피봉을 쩌히시니 영승상 텬

하병마딕도독 뎡을션의 ᄌ 귀동이니 년이 십삼 세라 ᄒ엿거놀 텬직 긔특이 녀기사

승상과 귀동을 부르시니 승상 부ᄌ 승명 복지ᄒ온딕 상이 칭찬ᄒ시고 신릭를 무슈히 진

내려 인재를 뽑고자 문무 과장을 여시니 사방 선비 구름같이 모일새 이때 귀동이 과거 기별을 듣고 주야로 공부하여 만권시서를 무불통지(無不通知)하니 당시 문장이라.

과거 일이 멀지 않으매 승상께 들어가기를 고하니 승상이 허락하고 장중제구를 차려 주니라. 귀동이 과장에 들어가 글제를 기다려 시지(試紙)를 펼치고 일필휘지하여 선장에 바쳤더니 이때 천자가 친히 평가하실새 가장 먼저 올라온 글을 보시고 크게 칭찬하시며 장원을 제수하시고 겉봉을 떼시니 영승상 천하병마대도독 정을선의 자 귀동이니 나이 십삼 세라 하였거늘 천자가 기특히 여기사 승상과 귀동을 부르시니 승상 부자가 승명 복지하온대 상이 칭찬하시고 신래(新來)를 무수히

40

퇴ᄒᆞ시다가 옥빈의 어쥬를 부어 권ᄒᆞ시며 왈 경의 아ᄃᆞᆯ이 몃치
나 되나뇨 승상이 주 왈 미
거ᄒᆞᆫ ᄌᆞ식이 ᄒᆞ나히로소이다 상이 칭션ᄒᆞ샤 왈 경의 일 ᄌᆞ 타
인의 십 ᄌᆞ의셔 승ᄒᆞ리니 후
일의 반다시 국가 주셕지신이 될지라 경의 ᄉᆡᆼᄌᆞᄒᆞᆫ 공이 엇지
져그리오 ᄒᆞ시고 귀동으로
한림학ᄉᆞ를 졔슈ᄒᆞ시니 승상 부ᄌᆞ 황은을 숙ᄉᆞᄒᆞ고 퇴조ᄒᆞ여
궐문 밧긔 나올ᄉᆡ 장원이
금관 옥ᄃᆡ의 어ᄉᆞ화를 빗기고 쳥동 쌍ᄀᆡ는 압흘 인도ᄒᆞ며 하리
츄종은 젼ᄎᆞ후옹ᄒᆞ엿시
니[61] 옥골션풍이 활연[62] 쇄락[63]ᄒᆞ여 리쳥련의 문장과 두목지
의 풍치를 겸ᄒᆞ얏시니 도로 관광
ᄌᆞ 칙칙칭션[64]ᄒᆞ믈 마지 아니ᄒᆞ는지라 승상이 고거ᄉᆞ마의 놉
히 안ᄌᆞ 장원을 거ᄂᆞ려 완완
이 ᄒᆡᆼᄒᆞ야 부즁의 니르니 왕비 즁문의 ᄂᆞ와 한림의 숀을 잡고
정당의 올나와 귀즁ᄒᆞ믈 니
긔지 못ᄒᆞ더라 인ᄒᆞ야 ᄃᆡ연을 비셜ᄒᆞ야 즐길ᄉᆡ 츙렬 부인이
셕ᄉᆞ를 ᄉᆡᆼ각고 크게 슬허ᄒᆞ

진퇴하시다가 옥배에 어주를 부어 권하시며 말하기를

"경의 아들이 몇이나 되느뇨?"

승상이 아뢰기를

"미거(未擧)한 자식이 하나이로소이다."

상이 칭선(稱善)하여 말하기를

"경의 자식 하나가 다른 사람의 열 아들보다 뛰어나리니 후일에 반드시 국가 주석지신(柱石之臣)이 될지라. 경이 아들 낳은 공이 어찌 작으리오?"

하시고 귀동으로 한림학사를 제수하시니, 승상 부자가 황은을 숙사하고 퇴조하여 궐문 밖에 나올새 장원이 금관 옥대에 어사화를 쓰고 청동 쌍기는 앞을 인도하며 하리(下吏) 추종(騶從)은 전차후옹(前遮後擁)하였으니 옥골선풍(玉骨仙風)이 활연(豁然) 쇄락(灑落)하여 이청련(李靑蓮)의 문장과 두목지(杜牧之)의 풍채(風采)를 겸하였으니 도로에서 보는 사람들이 책책칭선(嘖嘖稱善)함을 마지아니하는지라.

승상이 고거사마(高車駟馬)에 높이 앉아 장원을 거느려 완완(緩緩)히 행하여 부중에 이르니 왕비가 중문에 나와 한림의 손을 잡고 대청에 올라와 귀중함을 이기지 못하더라. 인하여 큰 잔치를 배설하여 즐길새 충렬 부인이 옛날 일을 생각하고 크게 슬퍼하여

야 승상의게 고ᄒᆞ고 이의 아ᄌᆞ를 다리고 류 승상 묘소의 나려
가 쇼분ᄒᆞ고 졔물을 ᄀᆞᆺ초와
치제홀ᄉᆡ 부인이 비회를 참지 못ᄒᆞ야 일장을 통곡ᄒᆞ니 초목금
쉬 다 슬허ᄒᆞᄂᆞᆫ 듯ᄒᆞ더라
한림이 근동 ᄉᆞ롬을 쳥ᄒᆞ야 ᄉᆞᆷ 일을 잔칰ᄒᆞ야 질기고 류씨 부
모 산쇼를 크게 치산ᄒᆞ고 젼
답을 만히 장만ᄒᆞ야 주며 노복을 졍ᄒᆞ여 승상의 묘쇼와 류씨
부모의 산쇼를 직희여 ᄉᆞ시
향화를 지극히 밧들게 ᄒᆞ니 상하 노복과 문싱 고귀한 님의 은
덕을 못닉 칭송ᄒᆞ더라 여러
날이 되니 텬ᄌᆡ 한님을 닛지 못ᄒᆞ샤 ᄉᆞ관을 보ᄂᆡ여 명쵸ᄒᆞ시니
한림이 밧비 치힝ᄒᆞ야 ᄉᆞ
관을 ᄯᆞ라 황셩으로 올나가니라 ᄎᆞ시 월미 순산 싱남ᄒᆞ니 긔골
이 범상치 아니코 영민총
혜ᄒᆞ야 긔질이 비샹ᄒᆞ니 승상이 과익ᄒᆞ야 일홈을 즁민이라 ᄒᆞ
고 ᄌᆞ를 츙쳔이라 ᄒᆞ다 즁

승상에게 고하고 이에 아이를 다리고 유 승상 묘소에 내려가 소분(掃墳)하고 제물을 갖추어 치제할새 부인이 비회를 참지 못하여 일장통곡하니 초목금수가 다 슬퍼하는 듯하더라.

한림이 근동 사람을 청하여 삼 일을 잔치하여 즐기고 유씨 부모 산소를 크게 치산하고 전답을 많이 장만하여 주며 노복을 가리어 승상의 묘소와 유씨 부모의 산소를 지키어 사시 향화를 지극히 받들게 하니 상하 노복과 문생들이 고귀한 한림의 은덕을 못내 칭송하더라. 여러 날이 되니 천자가 한림을 잊지 못하시어 사관을 보내어 명초하시니 한림이 바삐 치행하여 사관을 따라 황성으로 올라가니라.

이때 월매가 순산하여 아들을 낳으니 기골이 범상치 아니하고 영민(英敏) 총혜(聰慧)하여 기질이 비상하니 승상이 지나치게 사랑하여 이름을 중민이라 하고 자를 충천이라 하다.

41

민이 ᄌᆞ라믹 문장 필법이 ᄲᅡ혀ᄂᆞ니 승상 부부와 월미의 ᄀᆡ즁ᄒᆞ
미 비ᄒᆞᆯ ᄃᆡ 업더라 광음이
여류ᄒᆞ야 미년의 금셤의 ᄀᆡ일을 당ᄒᆞ면 부인이 셕ᄉᆞ를 ᄉᆡᆼ각고
ᄡᅥᆨᄡᅥᆨ 슬허ᄒᆞ더라 뎡 ᄒᆞᆫ림
의 벼살이 졈졈 놉하 니부상셔의 니르고 ᄎᆞᄌᆞ 츙현은 효셩이
지극ᄒᆞ고 도학이 고명ᄒᆞ야
벼살을 원치 아니ᄒᆞ고 례의를 슝상ᄒᆞ니 별호를 운림쳐ᄉᆡ라 ᄒᆞ
고 ᄀᆡ이ᄒᆞᆫ 도법을 슝상ᄒᆞ
니 세인이 그 지취 고상ᄒᆞᆷ을 칭찬ᄒᆞ더라 일일은 왕비 우연이
득병ᄒᆞ야 ᄇᆡᆨ약이 무효ᄒᆞ니
승상 부부 지셩으로 약을 구ᄒᆞ야 치료ᄒᆞ되 임의 황쳔길이 ᄀᆞᆺ가
오니 엇지 인력으로 ᄒᆞ리
오 왕비 스ᄉᆞ로 니지 못ᄒᆞᆯ 쥴 알고 승상과 츙렬 부인의 숀을
잡고 졔 숀아를 불너 압헤 안치
고 희허 탄식 왈 ᄂᆡ 비록 죽으나 츙렬과 월미의 슉덕으로 가ᄉᆞ
를 션치ᄒᆞ리니 문호를 창ᄀᆡ
ᄒᆞᆯ지라 무숨 근심이 잇시리오 ᄒᆞ고 ᄉᆡ 옷슬 가라입고 와 상을
편히 ᄒᆞ고 누으며 인ᄒᆞ여 졸

중민이 자라매 문장 필법이 빼어나니 승상 부부와 월매의 귀중함이 비할 데 없더라.

광음이 여류하여 매년 금섬의 기일을 당하면 부인이 옛일을 생각하고 때때로 슬퍼하더라. 정 한림의 벼슬이 점점 높아져 이부상서에 이르고 둘째 아들 충현은 효성이 지극하고 도학이 높아 벼슬을 원치 아니하고 예의를 숭상하니 별호(別號)를 운림(雲林) 처사라 하고 기이한 도법을 숭상하니 세상 사람들이 그 지취가 고상함을 칭찬하더라.

하루는 왕비가 우연히 득병하여 백약이 무효하니 승상 부부가 지성으로 약을 구하여 치료하되 이미 황천길이 가까오니 어찌 인력으로 하리오. 왕비가 스스로 일어나지 못할 줄 알고 승상과 충렬 부인의 손을 잡고 여러 손자들을 불러 앞에 앉히고 슬피 울며 탄식하며 말하기를

"내가 비록 죽으나 충렬과 월매의 숙덕으로 가사를 선치하리니 문호를 창개(創開)할지라. 무슨 근심이 있으리오?"

하고 새 옷으로 갈아입고 침상을 편히 하고 누우며 인하여 졸(卒)하니

ᄒᆞ니 시년이 구십 ᄉᆞᆷ 셰러라 일긔 망극ᄒᆞ야 승샹과 츙렬이 ᄌᆞ

로 긔졀ᄒᆞ니 한림이 붓드러

관위ᄒᆞ야 너모 과샹ᄒᆞ심믈 간ᄒᆞ니 승샹과 츙렬이 비로소 정신

을 슈습ᄒᆞ여 퇴일ᄒᆞ여 션

산의 안장ᄒᆞ고 셰월을 보ᄂᆡ더니 광음이 신속ᄒᆞ야 왕비의 ᄉᆞᆷ상

을 맛치ᄆᆡ 승상 부뷔 ᄉᆡ로

이 슬허ᄒᆞ며 승상이 년치 만흐ᄆᆡ 셰월이 오ᄅᆡ지 아닌 쥴 알고

치ᄉᆞᄒᆞ려 ᄒᆞᆯᄉᆡ ᄎᆞ시 텬ᄌᆡ 귀

동의 벼살을 도도와 우승상을 ᄒᆞ이시고 승상 을션으로 위왕을

봉ᄒᆞ샤 ᄉᆞ과관교지를 나

리시니라 ᄎᆞ시 좌복야 됴영이 승상의 아름다옴을 듯고 위왕긔

청혼ᄒᆞ미 간절ᄒᆞᄆᆡ 왕이

허락ᄒᆞ니 됴영이 ᄃᆡ희ᄒᆞ야 즉시 퇴일ᄒᆞ니 츈 ᄉᆞᆷ월 망간이라

길긔 슈 일이 격ᄒᆞ엿시니 위

왕과 됴영이 깃거ᄒᆞ더니 인ᄒᆞ야 길일이 다다르ᄆᆡ 승상이 길복

을 닙고 위의를 거ᄂᆞ려 됴

그때 나이 구십 삼 세이더라. 일가(一家) 망극하여 승상과 충렬이 자주 기절하니 한림이 붙들어 너그러이 위로하여 너무 지나치게 상심하심을 간(諫)하니 승상과 충렬이 비로소 정신을 수습하고 택일하여 선산에 안장하고 세월을 보내더니, 광음이 신속하여 왕비의 삼상(三喪)을 마치매 승상 부부가 새로이 슬퍼하며 승상이 연세 많으매 세월이 오래지 않은 줄 알고 벼슬에서 물러나려 할새, 이때 천자가 귀동의 벼슬을 돋우어 우승상을 시키시고 승상 을선으로 위왕을 봉하시사 사관(史官) 교지를 내리시니라.

이때 좌복야(左僕射) 조영이 승상의 아름다움을 듣고 위왕께 청혼함이 간절하매 왕이 허락하니 조영이 대희하여 즉시 택일하니 춘삼월 망간이라. 길기(吉期) 수 일이 격하였으니 위왕과 조영이 기뻐하더니 인하여 길일이 다다르매 승상이 길복을 입고 위의를 거느려

42

부의 니르니 포진을 졍졔ᄒᆞ야 신랑을 마ᄌᆞ 젼안쳥의 니르ᄆᆡ
신부를 인도ᄒᆞ야 교비를 맛
친 후 신랑이 신부의 상교ᄒᆞ믈 ᄌᆡ촉ᄒᆞ야 봉교 상마ᄒᆞ야 만됴
요ᄀᆡᆨ을 거ᄂᆞ리고 위의를 휘
동ᄒᆞ야 부즁의 도라와 신뷔 폐ᄇᆡᆨ을 밧드러 구고긔 드리고 팔
ᄇᆡ ᄃᆡ례를 ᄒᆡᆼᄒᆞ니 위왕 부뷔
ᄃᆡ열ᄒᆞ야 신부 슉소를 뎡ᄒᆞ야 보ᄂᆡ고 종일 질기다가 셕양의
파연ᄒᆞᄆᆡ 승상이 부모긔 혼
뎡을 맛친 후 기린촉을 밝힌 후 신방의 니르니 신뷔 니러 마ᄌᆞ
동셔 분좌ᄒᆞᄆᆡ 승상이 눈을
드러 보니 진짓 졀ᄃᆡ가인이라 마음의 쾌ᄒᆞ야 촉을 물니고 옥슈
를 닛그러 원앙금 니의 나
아가 운우지졍을 닐우ᄆᆡ 그 졍이 비ᄒᆞᆯ ᄃᆡ 업더라 날이 ᄇᆞᆰ으ᄆᆡ
승샹 부뷔 니러 소셰ᄒᆞ고 부
모긔 신셩ᄒᆞ니 위왕 부뷔 두굿기미[65] 칭량업더라 ᄎᆞ시 츙현의
나히 십오 세 되니 신장이 팔
쳑이오 얼골이 관옥 ᄀᆞᆺᄒᆞ니 위왕 부뷔 그 슉셩ᄒᆞ믈 두굿겨 널
니 구혼ᄒᆞ야 츄밀ᄉᆞ 왕진의

조부에 이르니 포진을 정제하여 신랑을 맞아 전안청에 이르매 신부를 인도하여 교배를 마친 후 신랑이 신부에게 상교함을 재촉하여 봉교 상마하여 만조 요객(繞客)을 거느리고 위의를 휘동(麾動)하여 부중(府中)에 돌아와 신부 폐백을 받들어 구고(舅姑)께 드리고 팔 배(八拜) 대례(大禮)를 행하니 위왕 부부가 크게 기뻐하여 신부 숙소를 정하여 보내고 종일 즐기다가 석양에 잔치를 파하매 승상이 부모께 혼정을 마친 후 기린촉(麒麟燭)을 밝힌 후 신방에 이르니 신부가 일어나 맞아 동서 분좌하매 승상이 눈을 들어 보니 짐짓 절대가인(絶代佳人)이라. 마음에 쾌하여 촉을 물리고 옥수를 이끌어 원앙금(鴛鴦衾) 속에 나아가 운우지정(雲雨之情)을 이루매 그 정이 비할 데 없더라. 날이 밝으매 승상 부부가 일어나 소세하고 부모께 신성(晨省)하니 위왕 부부의 기뻐함이 측량없더라.

이때 충현의 나이 십오 세가 되니 신장이 팔 척이오. 얼굴이 관옥(冠玉) 같으니 위왕 부부가 그 숙성함을 기뻐하고 널리 구혼하여 추밀사 왕진의 딸을

녀를 취ᄒᆞ야 셩례ᄒᆞ니 왕 소져의 아름다오미 됴 소져의 하등이 아니러라 승샹이 부모의
졈졈 쇠로ᄒᆞ시믈 민망ᄒᆞ야 텬ᄌᆞ긔 슈삭 말미를 어더 부모를 뫼시고 빅화졍의 포진을 졍
졔ᄒᆞ야 즐길ᄉᆡ 텬지 샹방 어션을 만히 ᄉᆞ급ᄒᆞ시고 츙렬 부인의 렬졀을 다시금 표장ᄒᆞ시
니 승샹이 망궐 ᄉᆞ은ᄒᆞ고 여러 날 즐기다가 파연ᄒᆞ고 궐하의 ᄉᆞ은ᄒᆞ온ᄃᆡ 샹이 반기ᄉᆞ 손
을 잡으시고 위유 왈 경의 부왕은 국가의 훈공이 잇셔 나라히 쥬셕지신이 되엿더니 경이
ᄯᅩ 짐을 도와 고굉이 되니 엇지 깃부지 아니리오 ᄒᆞ시고 어쥬 숨빅와 ᄌᆞ금포 일령을 ᄉᆞ급
ᄒᆞ시니 승샹이 텬은을 슉ᄉᆞᄒᆞ고 부즁의 도라와 부모긔 뵈옵고 텬은이 호셩ᄒᆞ심을 고ᄒᆞ
니 위왕이 텬은을 감격ᄒᆞ야 ᄌᆞ손의게 국은을 ᄃᆡᄃᆡ로 닛지 말믈 부탁ᄒᆞ더라 이러구로 슈

취하여 성례하니 왕 소저의 아름다움이 조 소저의 하등(下等)이 아닐러라. 승상이 부모가 점점 쇠로하심을 민망히 여겨 천자께 몇 달 말미를 얻어 부모를 모시고 백화정에 포진을 정제하여 즐길새 천자가 상방 어선을 많이 사급하시고 충렬 부인의 열절(烈節)을 다시금 표창하시니 승상이 망궐사은(望闕謝恩)하고 여러 날 즐기다가 잔치를 끝내고 궐하에 사은하온대 상이 반기시어 손을 잡으시고 위유(慰諭)하여 말하기를

"경의 부왕은 국가에 훈공(勳功)이 있어 나라의 주석지신이 되었더니 경이 또 짐을 도와 고굉이 되니 어찌 기쁘지 아니하리오?"

하시고 어주 삼배와 자금포 일령을 사급하시니 승상이 천은을 숙사하고 부중에 돌아와 부모께 뵈옵고 천은이 호성하심을 고하니 위왕이 천은을 감격하여 자손에게 국은을 대대로 잇지 말 것을 부탁하더라. 이러구러

43

년이 지닉믹 위왕과 츙렬 부인이 홀연 득병ᄒᆞ야 빅약이 무효ᄒᆞ니 스ᄉᆞ로 니지 못ᄒᆞᆯ 쥴 알

고 승상 형데를 불너 왈 나의 병이 골슈의 드럿시니 반다시 셰상이 오릭지 아닐지라 나의

쥭은 후라도 텬ᄌᆞ를 어질게 셤겨 도으라 ᄒᆞ고 ᄯᅩ 쳐ᄉᆞ다려 왈 나의 쥭은 후의 너의 형데 화

목ᄒᆞ야 가ᄉᆞ를 션치ᄒᆞ라 ᄒᆞ고 식 옷슬 가라입고 샹의 누으며 인ᄒᆞ야 초왕과 부인이 일시

의 졸ᄒᆞ니 승상 형데 텬지가 문허지물 당ᄒᆞ야 일셩호곡의 자로 혼졀ᄒᆞ니 친척 고귀와 승

샹 형데를 위로ᄒᆞ야 슬푸믈 진정ᄒᆞ믹 인ᄒᆞ야 례를 ᄀᆞ초와 션릉의 장ᄒᆞ니라 셰월이 여류

ᄒᆞ야 얼픗시 이의 왕의 삼상이 지닉믹 텬지 식로이 치제ᄒᆞᄉᆞ 슬허ᄒᆞ믈 마지아니시니 승

샹 형데와 일문 상히 텬은이 호탕ᄒᆞ시믈 각골하더라 ᄎᆞ후 승상은 연ᄒᆞ야 ᄉᆞᄌᆞ 이녀를 싱

ᄒᆞ고 쳐ᄉᆞ는 삼ᄌᆞ를 싱ᄒᆞ니 ᄌᆞ손이 련ᄒᆞ야 계계승승ᄒᆞ야 승상 형데의 부귀 복록이 무흠

ᄒᆞ더라 이 말이 긔이ᄒᆞ기로 딕강 긔록ᄒᆞ노라

수년이 지나매 위왕과 충렬 부인이 홀연 득병하여 백약이 무효하니 스스로 일어나지 못할 줄 알고 승상 형제를 불러 말하기를

"나의 병이 골수에 들었으니 반드시 남은 세월이 오래지 않을지라. 나의 죽은 후라도 천자를 어질게 섬겨 도우라."

하고 또 처사에게 말하기를

"나의 죽은 후에 너희 형제 화목하여 가사(家事)를 선치(善治)하라."

하고 새 옷을 갈아입고 상에 누우며 인하여 초왕과 부인이 일시에 죽으니 승상 형제, 천지가 무너짐을 당하여 일성 호곡에 자주 혼절하니 친척 고구(故舊)와 승상 형제를 위로하여 슬픔을 진정하매 인하여 예를 갖추어 선릉에 장사하니라.

세월이 여류하여 어렴풋이 왕의 삼상(三喪)이 지나매 천자가 새로이 치제하사 슬퍼함을 마지아니하시니 승상 형제와 문중 사람들이 세상이 변해도 여전히 천은이 호탕하심을 각골하더라. 이후 승상은 연하여 네 아들과 두 딸을 낳고 처사는 세 아들을 낳으니 자손이 연하여 계계승승하여 승상 형제의 부귀 복록이 흠이 없더라. 이 말이 기이하기로 대강 기록하노라.

정을선전 종

정을선전 끝.

미주

1) 상국(相國): 영의정, 좌의정, 우의정을 함께 이르는 말.
2) 천폐(天陛): 제왕이 있는 궁전의 섬돌.
3) 섬부(贍富)하다: 넉넉하고 풍부하다.
4) 일점혈육(一點血肉): 자기가 낳은 자식 하나.
5) 청청(靑靑): 물이 매우 푸르다.
6) 화간접무(花間蝶舞): 나비가 꽃들 사이를 춤추며 날아다니는 모습.
7) 분분설(紛紛雪): 눈이 흩날리며 풀풀 내리는 모습.
8) 유상앵비(柳上鶯飛): 버드나무 위에 날아다니는 꾀꼬리의 모습.
9) 편편금(片片金): 조각조각이 금과 같이 아름답다.
10) 추연(惆然)하다: 슬프다.
11) 연광(年光): 나이 혹은 기간.
12) 만년 향화(萬年香火): 오랜 세월 이어져 온 제사.
13) 수원수구(誰怨誰咎): 누구를 원망하고 누구를 탓하겠는가.
14) 화조월석(花朝月夕): 꽃 핀 아침과 달이 환한 저녁처럼 좋은 경치를 일컬음.
15) 오형지속삼천이죄막대어불효(五刑之屬三千而罪莫大於不孝): 오형(五刑)에 속하는 죄가 삼천 가지나 되지만 그 중에서도 불효보다 더 큰 죄는 없음.
16) 백골난망(白骨難忘): 죽어서 백골이 되어도 잊을 수 없는 큰 은혜.
17) 본제(本第): 원래 살던 집.
18) 공전절후(空前絶後): 이전에도 없었고 앞으로도 없음.
19) 지령(地靈): 땅의 신령한 기운.
20) 자고급금(自古及今): 예로부터 지금까지.
21) 동천(洞天): 산수 경치 좋은 곳.
22) 설부화용(雪膚花容): 눈같이 흰 피부와 꽃같이 아름다운 얼굴.
23) 무쌍(無雙): 견줄 만한 것이 없을 정도로 뛰어남.
24) 환거(鰥居): 홀아비가 되어 살다.
25) 단금(斷金)의 붕우(朋友): 쇠를 자를 만큼 단단하고 두터운 우정.
26) 누년(累年) 덕조(德操): 여러 해가 지나도록 변함없는 굳은 절개.
27) 청요(請邀): 청하여 맞이함.
28) 섬어(譫語): 헛소리.
29) 심중소회(心中所懷): 마음 속에 품은 생각.
30) 죄사무석(罪死無惜): 지은 죄가 죽어도 아깝지 않을 정도로 큼.
31) 사모(思慕) 불이(不已): 생각하기를 그치지 않음.
32) 왕일소(王逸少): 왕희지. '일소(逸少)'는 왕희지(王羲之)의 호.
33) 일천(一天)에 선장(先場)하고: 과거 시험에서 맨 첫 번째로 글을 제출하는 것.
34) 청홍개(靑紅蓋): 임금의 행차에 쓰던 의장으로 수레 위에 씌운 양산.
35) 봉미선(鳳尾扇): 봉황의 꼬리 모양으로 만들어 지위 높은 사람의 행차 때 쓰던 부채.

36) 영친(榮親): 부모님을 영화롭게 하는 일.
37) 현서(賢壻): 어진 사위.
38) 봉채: 혼례 전에 신랑 집에서 비단과 혼서(婚書)를 신부 집으로 보내는 것.
39) 소소(昭昭)하다: 밝고 분명하다.
40) 수말(首末): 머리와 끝으로 일의 처음과 끝, 있었던 일 전부를 의미함.
41) 주사야탁(晝思夜度): 밤낮으로 헤아리며 고민하다.
42) 실진무은(悉陳無隱): 숨기지 않고 모두 밝히다.
43) 야야(爺爺): 아비. 아버지.
44) 황황망극(遑遑罔極): 매우 당황한 모습.
45) 복초(服招): 문초를 받고 죄를 모두 털어 놓음.
46) 금오랑(金吾郎): 의금부에 속한 도사.
47) 주야배도(晝夜倍道): 밤낮을 가리지 않고 다른 사람이 가는 길의 두 배를 걸음.
48) 숙사(肅謝): 숙배 사은함.
49) 출반(出班): 여러 신하들 가운데 먼저 나아감.
50) 불명(不明): 사리에 어두움.
51) 곤뇌(困惱): 일 등으로 인하여 괴로워함.
52) 치송(治送): 짐을 챙겨 길 떠나 보냄.
53) 금덩: 황금으로 장식한 가마.
54) 곽분양(郭汾陽): 곽자의(郭子儀). 중국 당나라 때 안사(安史)의 난을 평정한 공신.
55) 기린각(麒麟閣): 한나라 무제가 공을 세운 인물을 기리기 위해 세운 전각으로 공신 11명의 화상을 그려 모심.
56) 반사(班師): 군사를 이끌고 돌아옴.
57) 생육구로지은(生育劬勞之恩): 낳아주시고 길러주신 은혜.
58) 족불리지(足不履地): 발이 땅에 닿지 않을 정도로 급히 감.
59) 혼불부체(魂不附體): 혼비백산과 같은 뜻으로, 매우 놀라 넋을 잃음.
60) 요대(饒貸): 너그럽게 용서함.
61) 전차후옹(前遮後擁)하였으니: 앞뒤로 보호하며 따르고 있었으니.
62) 활연(豁然): 밝고 시원함.
63) 쇄락(灑落): 깨끗하고 상쾌함.
64) 책책칭선(嘖嘖稱善): 큰 소리로 칭찬함.
65) 두굿김: 몹시 기뻐하는 것.

저자 서유경

서울대학교 국어교육과를 졸업하고, 동대학원에서 석박사 학위를 취득하였으며, 현재 시립대학교 국어국문학과에 재직하고 있다.

주요 논문으로는 「공감적 자기화를 통한 문학교육 연구」(2002), 「고전문학교육 연구의 새로운 방향」(2007), 「〈숙향전〉의 정서 연구」(2011), 「〈심청전〉의 근대적 변용 연구」(2015) 등 다수가 있고, 저서로는 『고전소설교육탐구』(2002), 『인터넷 매체와 국어교육』(2002), 『판소리 문학의 문화 적응과 확산』(2016) 등이 있다.

정을선전

초판인쇄 2019년 10월 09일
초판발행 2019년 10월 15일

옮 긴 이 서유경
책임편집 박인려
발 행 인 윤석현
등록번호 제2009-11호
발 행 처 도서출판 박문사
Address: 서울시 도봉구 우이천로 353 성주빌딩 3F
Tel: (02) 992-3253(대) Fax: (02) 991-1285
Email: bakmunsa@daum.net Web: http://jnc.jncbms.co.kr

ISBN 979-11-89292-47-8 03810 **정가** 10,000원